청춘
시절

UNE JEUNESSE
by Patrick Modiano

이 도서의 국립중앙도서관 출판시도서목록(CIP)은
서지정보유통지원시스템 홈페이지(http://seoji.nl.go.kr)와
국가자료공동목록시스템(http://www.nl.go.kr/kolisnet)에서 이용하실 수 있습니다.
(CIP제어번호: CIP2014034218)

청춘
시절

UNE JEUNESSE

Patrick Modiano

파트릭 모디아노
장편소설

김화영 옮김

문학동네

뤼디를 위하여

지나를 위하여

마리를 위하여

차례

아이들이 정원에서 놀고 있다. 이제 곧 매일같이 하는 체스 놀이 시간이다.

"내일 아침이면 저애 깁스를 풀게 돼" 하고 오딜이 말한다.

그녀와 루이는 산장의 테라스에 앉아 비테르도네 세 아이들과 잔디밭 위를 뛰어다니고 있는 자기네 아들딸을 멀리서 지켜보고 있다. 다섯 살 난 아들은 왼쪽 팔에 깁스를 하고 있지만 그것 때문에 별로 불편해하는 것 같지는 않다.

"얼마 동안 깁스를 하고 있었지?" 하고 루이가 묻는다.

"거의 한 달이 다 돼가."

아이는 그네에서 미끄러졌었는데 어른들은 일주일이 지난 뒤에야 아이가 골절상을 입었다는 사실을 눈치챈 것이었다.

"목욕을 해야겠어" 하고 오딜이 말한다.

그리고 그녀는 이층으로 올라간다. 그녀가 다시 나오면 그들은 체스를 한 판 두기 시작할 것이다. 목욕물 받는 소리가 들려온다.

길 건너, 늘어선 전나무들 뒤편에 있는 케이블카 건물은 어느 온천장에 있는 간이역사를 연상시킨다. 프랑스 전체에서 가장 먼저 가설한 케이블카들 중 하나라고 한다. 루이는 포라즈 산비탈을 천천히 기어올라가는 케이블카를 눈으로 따라간다. 여름 산의 초록빛을 배경으로 선연한 붉은색 케이블카의 윤곽이 뚜렷하다. 아이들은 전나무들 사이로 용케 빠져나가서 자전거를 타고 케이블카 건물 근처의 그늘진 원형 교차로로 나간다.

어제 루이는 산장의 정면에 'SUNNY HOME'이라고 하얀 글씨로 써 박아두었던 나무 간판을 떼어냈다. 그 간판이 창문 앞 땅바닥에 팽개쳐져 있다. 지금부터 십이 년 전 그들이 산장을 사서 어린이집으로 개조했을 때 이름을 뭐라고 지어야 좋을지 잘 알 수가 없었다. 오딜은 '루탱'*이라든가 '디아블르레'** 같은 프랑스식 이름이 더 좋을 것 같았으나, 루이는 영어 이름이 더 우

---

* Les Lutins. '개구쟁이들'이라는 뜻.

** Les Diablerets. '꼬마 악당들'이라는 뜻.

아하고 고객들의 마음을 끌기에도 나을 것 같았다. 그들은 결국 '서니 홈'으로 결정했다.

루이는 나무 간판을 집어들었다. 서니 홈, 햇살 좋은 집. 그는 그걸 잠시 후 서랍 속에 잘 넣어둘 생각이다. 안도감이 느껴진다. 어린이집은 이제 그만이다. 오늘부터 그들은 이 산장을 오직 그들만의 집으로 삼을 예정이다. 루이는 정원 저 안쪽에 있는 가건물을 식당 겸 찻집으로 개조할 생각인데, 그러면 겨울에 사람들이 케이블카를 타기 전에 그리로 찾아올 수 있을 것이다.

어둠이 골짜기와 정원 깊숙한 곳으로부터 피어오르고 그와 함께 지금은 숨바꼭질을 하고 있는 아이들의 외침 소리와 웃음소리가 들려온다. 내일 6월 23일은 오딜이 서른다섯 살이 되는 생일이다. 그리고 다음 달이면 루이 역시 서른다섯 살이 된다. 오딜의 생일에 그는 비테르도 부부와 아이들, 그리고 조그마한 스포츠용품점을 하는 스키 선수 출신 알라르를 초대했다.

붉은색 케이블카가 내려오기 시작해 전나무 숲속으로 자취를 감추더니 이윽고 다시 나타나 한결같이 느긋한 자태로 제 갈 길을 계속 가고 있다. 케이블카는 저녁 아홉시가 될 때까지 올라갔다 내려왔다 하는 모습을 보이다가 마지막에는 포라즈 산비탈을 따라 미끄러져가는 한 마리의 커다란 반딧불같이 되고 말 것이다.

* * *

"용하구나, 그 녀석……"

의사가 아이의 뺨을 토닥거려주었다. 가장 감격한 쪽은 오딜이었다. 통나무를 자를 때 쓰는 전기톱만큼이나 빠르게 움직이는 기계로 의사가 이제 막 깁스를 쪼갠 것이었다. 오딜이 꽃들을 잔뜩 그려놓았던 깁스가 갈라지자 그 속에서 아이의 팔이 아무런 손상 없이 말짱한 모습으로 불쑥 나타났다. 피부는 오딜이 걱정했던 것과는 달리 건조해지지도, 생기 없이 허옇지도 않았다. 아이는 제 팔을 움직여보더니 과연 될까 싶은지 입가에 조심스러운 미소를 띠우면서 지그시 구부려보았다.

"자, 이제 또 부러뜨려도 돼" 하고 의사가 말했다.

엄마가 아이에게 산장으로 돌아가기 전에 아이스크림을 먹으러 가자고 약속했었기에 그들은 호수 옆 어느 카페 테라스에 마주앉아 있었다. 아이는 피스타치오 딸기 아이스크림을 골랐다.

"이제 깁스를 안 하게 돼서 좋지?"

아이는 대답을 하지 않았다. 그저 심각하고 골똘한 얼굴로 아이스크림을 먹고 있었다.

오딜은 아이를 물끄러미 바라보면서 훗날 이 아이가 꽃을 잔뜩 그려놓았던 이 깁스를 기억하게 될까 하고 마음속으로 생각해본다. 제 어린 시절의 첫 기억이 될까? 아이는 햇빛에 눈이 부신지 눈을 찡그린다. 호수에 드리웠던 안개가 걷힌다. 그녀의 서른다섯번째 생일이다. 그리고 이제 곧 루이도 서른다섯 살이 될 것이다. 서른다섯 살이 되면 뭔가 새로운 일이 일어나게 되는 것일까? 그녀는 조금 전 깁스 속에서 불쑥 나타나던 그 손상 없는 피부를, 그 팔을 생각하면서 그런 질문을 떠올린다. 마치 그 팔이 오래 갇혀 있던 이물질의 껍질을 스스로 깨고 나오는 것만 같았다. 때로 인생은 그렇게, 서른다섯 살이 되면 새로 시작되기도 하는 것일까? 그 심각한 질문이 그녀의 얼굴에 미소를 띄운다. 루이에게도 그 질문을 건네보는 게 좋겠다. 그녀의 생각으로는 그렇지 않을 것 같다. 외려 마침내 안정권에 이르고, 페달보트는 지금 그녀 앞에 펼쳐져 있는 것과 같은 호수 위로 애쓰지 않아도 저절로 미끄러져간다. 그리고 아이들은 자란다. 그들은 떠나갈 것이다.

눈꺼풀 한구석에서 속눈썹 한 개가 거치적거린다. 그녀는 핸드백에서 빈 분갑을 꺼낸다. 작고 동그란 거울이 달려 있어서 버리지 않고 쓰는 분갑이다. 아무리 해도 속눈썹을 집어낼 수가 없다. 그냥 얼굴을 가만히 들여다본다. 아무것도 변한 것이 없다. 스무 살 적 얼굴 그대로였다. 입꼬리의 아주 가느다란 주름은 없어졌지만, 그 밖에는 변한 것이 없었다. 아냐, 안 변했어…… 그리고 루이도 변한 것이 없어. 약간 더 말랐을 뿐……

"생일 축하해요, 엄마."

아이는 좀 서투른 말로, 그렇지만 다소 자랑스럽다는 어조로 말했다. 그녀는 그에게 키스를 해준다. 만약 아이들이, 자기네 부모가 아직 부모가 안 되고 그냥 그들 자신이었던 때의 모습을, 자기들이 태어나기 전 그 모습을 알 수 있다면 얼마나 이상할까…… 파리의 샤를 크로스 가에 있는 할머니 댁에서 보낸 그녀 자신의 어린 시절. 그곳은 여러 노선의 버스들이 출발하는 기점이었지…… 그리고 조금 더 가면 투렐 수영장의 회색 건물, 영화관, 그리고 세뤼리에 대로의 비탈길이 나온다. 조금만 상상력을 발휘하면, 안개와 햇빛이 한데 섞인 아침의 그 비탈길은 바다를 향해 내려가는 해변 절벽의 언덕길이 되었다.

"이제 가야지……"

산장으로 올라가는 길로 자동차를 몰면서 아이를 옆자리에 앉혀둔 채 오딜은 아무 생각 없이 무슨 노래를 흥얼거렸다. 그러다가 이내 그것이 어떤 오페레타의 첫 소절들이라는 것을 깨달았다. 〈하와이의 장미〉…… 제네바의 한 골동품상에서 정말 예기치 않게 그 디스크를 발견했었다.

* * *

그들은 케이블카 건물 앞 초록색 벤치에 앉아 있었다. 아이는 원형 교차로에서 이리저리 자전거를 타고 돌아다닌다. 수평을 유지해주는 보조 바퀴가 달린 자전거다. 오딜은 루이의 무릎을 베고 누워 영화 잡지를 읽는다.

아이는 햇빛의 반점들을 하나씩 하나씩 통과하더니 이번에는 그 아이 말처럼 "큰 바퀴"를 돌기 시작한다. 이따금씩 멈춰 서서 솔방울을 줍기도 한다. 케이블카 직원이 건물 문턱에서 담배를 피운다. 모자를 쓰고 푸른색 재킷을 입은 모습이 꼭 어느 역의 역장 같은 분위기다.

"그래, 잘돼갑니까?" 하고 루이가 묻는다.

"아뇨. 손님이 별로 없네요, 오늘은……"

아무러면 어떠냐. 텅 빈 채로라도 붉은색 케이블카는 예정된 시각이면 출발할 것이다. 그게 규칙이다.

"해는 저렇게 잘 나는데 말예요" 하고 직원이 말한다.

"아직 바캉스철이 되지 않았으니까요" 하고 루이가 말한다. "두고보세요. 보름만 더 있으면……"

아이는 원형 교차로를 돌면서 페달을 점점 더 세게 밟는다. 오딜은 선글라스를 쓰고서 바람 때문에 잡지를 꼭 쥔 채 책장을 넘기고 있다.

* * *

꿈속에서 어린아이들이 고함치는 소리가 들린다. 그 소리는 가까이 다가왔다가 멀어지고 또다시 다가온다. 그의 느낌에 그것은 마치 빛과 그림자의 놀이처럼, 각기 다른 빛의 밀도 차이와 대응하는 듯하다. 그러나 그는 늘 같은 꿈을 꾼다. 그는 아무도 없는 어느 자전거 경기장 맨 꼭대기 관람석에 앉아 그의 아버지가 핸들을 꼭 쥐고 천천히 트랙을 도는 모습을 바라보고 있다.

누군가가 부르는 소리를 듣고 그는 눈을 뜬다. 그의 앞에 딸아이가 와 서서 미소를 짓고 있다. 키가 거의 오덜만하다.

"아빠…… 손님들이 오실 텐데……"

딸아이가 붉은색 드레스를 입고 있어 루이는 놀랐다. 아이는 열세 살이다. 루이는 막 꿈에서 깨어나 아직 얼떨떨한 상태이기 때문에 딸아이가 그렇게 큰 것이 이상하게 느껴진다.

"아빠……"

아이는 짐짓 나무라는 미소를 건네면서 그의 팔을 잡고 소파에서 끌어내려고 애를 쓴다. 루이는 버틴다. 잠시 후 하는 수 없이 끌려 일어나 아이의 이마에 키스를 한다. 그리고 테라스로 나선다. 날은 아직 어두워지지 않았다. 늘어선 전나무들 저 너머로 사람들 한 무리가 산장으로 올라오는 것이 보인다. 알라르의 심각한 목소리와 마르틴 비테르도의 웃음소리가 들린다. 저쪽에서는 붉은 케이블카가 풀섶의 반딧불처럼 포라즈 산의 비탈을 따라 천천히 미끄러져가고 있다.

* * *

거실의 전등은 모두 꺼놓은 채였다. 루이, 오딜, 비테르도와 그의 아내, 알라르, 그리고 아이들이 탁자 주위에서 기다리고 있다. 루이의 딸아이가 여덟 개의 촛불이 빛나고 있는 케이크를 받쳐들고 부엌에서 나온다. 십 년짜리 촛불이 세 개고 일 년짜리가 다섯 개다. 딸아이는 그들에게 걸어와 노래를 부른다.

"해피 버스데이 투 유……"

아이는 탁자 한가운데 케이크 쟁반을 내려놓는다. 모두들 번갈아가며 오딜에게 키스를 한다.

"그래, 서른다섯 살이 된 기분이 어때요?" 하고 비테르도가 묻는다.

"곧 할머니가 될 나이인걸요" 하고 오딜이 대답한다.

"괜한 소리 마요, 오딜."

"촛불 꺼요, 엄마."

오딜이 케이크 쪽으로 고개를 숙이고 숨을 후 하고 내불었다.

"단번에!"

그들은 박수를 치고 다시 전등불을 켠다.

"노래 한 곡조! 노래 한 곡조!"

"오딜이 이제 〈거리의 상송〉을 부를 겁니다" 하고 루이가 말한다.

오딜은 케이크를 자른다. 아이들은 탁자 곁에서 물러나 다섯 명 모두 테라스 가에 모여 있다. 오딜과 루이는 아이들에게 작은 접시에 담은 케이크를 한 조각씩 갖다준다.

"재들은 자러 갈 생각이 없나봐요" 하고 비테르도의 아내 마르틴이 말한다.

"할 수 없지요. 보통 때하고는 좀 다른 날이니까요" 하고 알라르가 심각한 목소리로 말한다. "매일같이 서른다섯 살이 되는 건 아니잖아요."

비테르도가 시계를 들여다본다.

"이제 그만 가봐야겠어요, 루이. 귀찮게 해서 정말 미안해요."

그는 파리로 가는 밤차, 열한시 삼분 기차를 타야 하는데 루이가 그를 자동차로 역까지 바래다주겠다고 했던 것이다.

"갑시다!" 하고 루이가 말한다.

비테르도의 아내, 알라르, 그리고 오딜은 테라스에 앉아 노닥거리고 있다. 알라르의 목소리가 다른 사람들을 압도한다. 밤공기는 덥고, 소나기가 몰려오는지 멀리서 으르릉거리는 소리가 들린다.

비테르도는 거실 한가운데서 자기의 검은색 서류가방을 연다. 잊어버린 것이 없나 서둘러 확인하는 모양이다. 아이들은 계단에서 법석을 떨고 있다. 아이들의 분주한 발소리가 이층 큰 방들 저쪽으로 사라져간다. 오딜이 테라스 자리에서 일어나 루이에게 가보니 바로 그 순간 루이는 비테르도를 따라 산장을 나서고 있다.

"생일 축하해" 하고 루이가 말한다.

"아이, 그만해……" 하고 오딜이 말한다.

"그래, 서른다섯 살이 된 기분이 어떠세요?"

그녀가 루이의 어깨를 잡아 흔든다.

"그만하라니까, 당신도 마찬가지야. 곧 당신 차례라고."

루이가 오딜을 꼭 껴안고 그들은 함께 웃음을 터뜨린다. 그들의 일생에서 처음으로 생일 파티를 하는 것이었다. 어색하지만…… 아이들이 좋다니까……

* * *

비테르도는 트렁크와 검은색 서류가방을 자동차 뒷좌석에 집어넣고 루이의 옆자리에 올라탔다.

"정말 미안해요, 루이."

"아니에요, 괜찮아요. 전혀 신경쓰지 말아요. 오 분이면 역에 닿는걸요."

루이는 천천히 출발한다. 잠시 후 그는 시동을 끈다. 자동차는 곧게 뻗은 오솔길을 소리 없이 굴러내려간다.

"언제 돌아오세요?" 하고 루이가 묻는다.

"다음 주말에요. 8월은 여기 와서 마르틴과 아이들과 함께 보냈으면 해요. 당신은 운이 좋아요. 일 년 내내 산에서 지낼 수 있으니……"

"파리에선 살 수 없었을 것 같아요" 하고 루이가 말한다.

그는 자동차를 운전할 때면 늘 하는 버릇대로 라디오를 켰다.

"여기 자리잡은 지 얼마나 됐죠?" 하고 비테르도가 묻는다.

"십삼 년 됐어요."

"우린 여기 산장 구입한 지 육 년이 될까 말까 한데……"

"느낌으론 아주 오래전부터 있었던 것 같은걸요."

비테르도는 루이와 같은 나이다. 그는 파리에 있는 무역회사에 다닌다. 마르틴과 그는 매년 크리스마스와 부활절 때면 세 아이와 함께 스키를 타러 와서는 오딜과 루이에게 자주 아이들을 맡기고 '서니 홈'의 다른 아이들과 놀게 한다.

"그래, 어린이집은 이제 끝인가요?"

"끝이에요" 하고 루이가 웃으며 말한다. "산장을 우리만의 것으로 쓰는 거죠. 이제 아이들이 이 방 저 방 다니면서 롤러스케이트를 탈 수 있게 되었어요."

"그럼 당신은요, 이제 뭘 할 거예요?"

"알라르하고 같이 케이블카 타러 오는 사람들 상대로 식당 겸 찻집을 차려볼까 해요."

"하기야, 잘한 일이죠" 하고 비테르도가 말한다. "나 역시 만사 다 집어치우고 여기 와서 살았으면 좋겠어요."

길이 굽이도는 첫번째 모퉁이. 왼쪽으로는 로열 호텔의 담이 둘러쳐 있다. 루이는 다시 시동을 건다.

"아이들은 확실히 파리에서보다 여기서가 더 행복해요" 하고 그가 말한다. "난 내 아들이 스키 코치가 되었으면 해요."

"정말요? 그럼 딸은요?"

"딸아이들이야 어디 알 수가 있나요."

그는 차창을 내렸다. 소나기가 점점 가까워오는 느낌이다.

"파리에서 살아본 적이 있어요?" 하고 비테르도가 묻는다.

"네, 아주 옛날에요."

그는 자동차를 역 앞에 세운 다음 문을 열고 비테르도의 가방들을 집어든다.

"이리 줘요, 루이."

그들은 네온 불빛이 비치는 인적 없는 작은 대합실을 지나간다. 비테르도는 차표를 검표기에 밀어넣는다.

"이 기계들이 점점 복잡해진다니까요" 하고 루이가 말한다. "천만다행으로 이제 더이상 여행은 안 해도 되니 망정이지……"

기차가 벌써 역에 들어와 있다.

"잘 있어요, 루이. 금요일에 다시 만나요."

루이는 그를 배웅하러 플랫폼까지 들어가서 침대칸에 트렁크와 검은 서류가방 싣는 것을 도와준다. 비테르도는 미소를 지으며 차창을 열고 내려다본다.

"금요일에 봐요, 마르틴과 아이들 잘 부탁합니다. 엄격하게 다뤄줘요."

"아주 엄격하게 다룰게요, 평소 때와 마찬가지로."

다시 역의 작은 대합실을 지나오면서 루이는 닫혀 있는 매표구들 옆에 놓인 과자 자동판매기를 보았다. 그는 구멍에 동전 두 개를 집어넣었다. 금빛 나는 붉은색 종이에 싸인 것이 떨어진다. '돌멩이'라는 이름의 초콜릿이다. 아니, 이게 아직도 있네…… 오딜은 콜랭쿠르 가에 있는 빵가게에서 이걸 자주 사곤 했었다.

이걸 생일 선물로 줘야지.

광장 건너편, 카페 유리창 뒤에는 여러 사람의 실루엣이 텔레비전 수상기 앞에 굳어진 듯 고정되어 있다. 여가수의 목소리가 그에게까지 들려온다. 약간 쉰 목소리만 들릴 뿐 가사는 이해할 수 없다. 미지근한 바람이 인다. 돌아가는 길에는 첫번째 빗방울들이……

* * *

지금부터 십오 년 전 그 가을, 생 로에는 며칠을 두고 줄곧 비가 내리고 있었고, 그로 인해 부대 연병장에는 커다란 물웅덩이들이 생겨나 있었다. 그는 부주의로 웅덩이 하나에 발을 디뎠는데 싸늘하고 질척한 밴드가 발목을 옥죄는 느낌이었다.

양철 트렁크를 한 손에 들고 그는 보초병에게 인사를 했다. 길모퉁이에 이르자 그는 이제 더이상 자기의 삶과는 아무런 볼일도 없게 된 그 흐릿한 갈색 건물을 되돌아보지 않을 수 없었다.

그가 걸친 사복—회색 플란넬 양복—은 겨드랑이 부분이 터질 듯 당겼고 허벅지 부분도 작아서 꼭 끼었다. 겨울용 외투와 특히 신발이 필요할 듯했다. 그렇다. 두꺼운 고무창을 댄 신발이.

브로시에가 그에게 일곱시경에 카페 '발콩'에서 만나자고 약속을 정해줬었다. 문득 브로시에를 알게 된 게 두 달 전이고, 그가 생 로에는 잠시 들른 것뿐이라며 거짓말을 했었다는 생각이 났다. 그는 왜 이곳에서의 체류를 연장한 것일까? '사업' 때문에 파리로 돌아가야 한다던 그가.

그는 귀대를 위해 자정이 되기를 기다리고 있다가 바로 그 카페 '발콩'에서 처음으로 브로시에를 만났었다. 그날 정오 무렵 그는 성벽을 따라 산책을 한 후 종마사육장이 있는 곳까지 국도를 따라 걸어갔다가 가건물들이 서 있는 오른쪽 구역에서 길을 잃어버렸었다. 시내로 돌아와 카페 테이블에 앉아 있었는데, 바로 옆 큰 거울에 짧게 깎은 머리에 군복을 입고 팔짱을 낀 자신의 모습이 비쳐 보였다. 옆 테이블에서 신문을 읽고 있던 브로시에가 그에게 시선을 던졌다.

"아직 쫄짜 시절이 많이 남았어요?"

그는 루이로서는 다 알아들을 수 없는 은어들을 쓰곤 했다.

"나이가 몇이오?"

"7월이면 스무 살이 됩니다."

그들은 카페의 유일한 손님이었는데 브로시에는 그에게 어깨를 으쓱해 보이면서, 이 시간이면 생 로의 거리엔 사람 그림자도 보이지 않는다고 했다.

"하기야 이것도 거리 축에 든다면 말이지만……"

그는 날카로운 웃음을 터뜨렸다.

"이런 데서 쫄짜 신세가 된다는 건 그리 신나는 일이 아니겠죠? 안 그래요?"

브로시에의 나이? 마흔이 될까 말까. 미소를 지을 때는 더 젊어 보였다. 금발에 눈 색깔이 아주 밝았고 혈색은 불그레했다. 퉁퉁한 얼굴과 그 혈색은 아마도 벨기에산 맥주라면 사족을 못 쓰는 술버릇 때문인 듯했다.

그는 파리에 살지만 생 로의 가족네서 며칠 보내기도 한다고 했다. 형이 이곳에서 사무실을 차리고 있다는 것이었다. 그런데 벌써 십 년도 넘게 이곳에 오질 않았기 때문에 사람들이 그를 아주 잊어버렸고, 사실 이번에는 휴가를 온 김에 사업 문제도 좀 해결하려는 생각이라고 했다. 셰르부르에 사는 어떤 작자가 낡은 지프차, 낡은 군용트럭 같은 미군 군수품 세트를 통째로 그에게 팔려고 한다는 것이었다. 그 사람, 브로시에는 '자동차 사업'에 손대고 있었다. 파리에서는 차고 사업도 하고 있었다.

그날 밤 그는 부대까지 루이를 바래다주었다. 그는 트렌치코트와 다갈색으로 변해가는 황색 깃털을 꽂은 낡은 티롤 모자를 쓰고 있었다. 이 건물 저 건물 할 것 없이 모두 잿빛 콘크리트로 지은 신축 가옥들이 늘어선 길을 따라 내려가면서 브로시에는 무슨 비밀이나 되는 듯이 자기는 어린 시절에 살던 이 도시를 도무지 알아볼 수가 없을 지경이라고 그에게 털어놓았다. 지난번 전쟁 때 폭격을 맞은 뒤로 완전히 딴 도시를 건설해놓았기 때문에 생 로는 이제 더이상 생 로가 아니라고.

* * *

카페 '발콩'은 연기와 왁자지껄한 소리로 정신이 어리둥절해질 지경이었다. 그는 티롤 모자 덕분에 브로시에를 곧 알아볼 수 있었다. 약간 어색한 걸음으로 브로시에 쪽으로 걸어간 그는 트렁크를 내려놓고 자리에 앉았다.

"어때요? 쫑인가요?" 브로시에가 껄껄대며 그에게 물었다.

"네, 쫑이에요." 그가 나직하게 말했다. 속어를 쓴다는 건 그에게 쉬운 일이 아니었다.

"쫑이라면 축하 파티를 해야죠, 친구" 하고 브로시에가 말했다. "보시다시피 난 벌써 시작했는데……"

그는 붉은색 액체가 반쯤 차 있는 그의 잔을 가리켜 보였다.

"뭘 마시고 계세요?"

브로시에는 외판원들이나 쓰는 말투를 썼지만 이따금씩 그 기름진 목소리가 세련돼지기도 했다. 가구니 책이니에 대해 말할 때였다. 그는 예전에는 파리에서 골동품상들과 거래를 했었다고 했다. 어느 날 저녁에는 심지어 아주 거드름을 피워가면서, 레장스 양식 안락의자와 루이 15세 양식 안락의자를 구별할 수 있는 세부사항들을 열거했고, 손에 연필을 들고서, 어떤 점을 보면 의자의 등받이와 팔걸이의 질적인 가치를 판단할 수 있는지 구체적으로 설명했다. 책으로 말하자면, 에 또, 자기는 초판본을 선호하는 편이라고 했다. 그렇다. 그런 순간이면 그는 자신의 본색을 떠나 아마도 그에게 영향을 끼친 것으로 짐작되는 어떤 사람의 몸짓이나 말투를 그대로 따라하고 있는 것 같았다.

"그럼 쫑을 축하!" 브로시에는 종업원이 캄파리 잔들을 날라오자 말했다.

그들은 건배를 했다. 그는 브로시에에게 신발에 물이 찼다는 말은 차마 하지 못했다.

"무슨 생각을 하고 있는 거요, 루이?"

그의 머릿속에는 한 가지 생각뿐이었다. 신발과 양말을 벗어 쓰레기통에 처넣고 싶다는 것, 그리고 고무창을 댄 새 신발을 사 신고서 이제 다시는 발이 젖지 않으리라는 확신을 갖고 싶다는 것, 그 생각뿐이었다.

"난처하네요" 하고 그가 갑자기 말했다.

"뭐가요?"

그는 이 년 동안 고분고분 순종해왔다. 부대 생활도, 내무반도,

군복도, 물이 차는 신발도 꾹 참아왔다. 그러나 모든 게 다 끝난 지금 생각해보니 그 모든 걸 왜 그렇게 참아왔나 싶었다.

"새 신발이 있어야 할 것 같아서요……"

"그럼요, 당연히 그래야죠."

"고무창을 댄 신발 말예요."

브로시에는 놀란 모양이었다. 그는 남아 있던 캄파리를 단숨에 마셨다.

"그러면" 하고 그가 말했다. "그걸 찾아봐야지."

그들은 카페를 나와 오른편 아래쪽으로 난 시장통으로 접어들었다. 콘크리트 아케이드에 상점들이 늘어서 있었다. 마지막 상점 진열창에 모카신과 여자 신발들이 진열되어 있었다. 상점 주인은 철제 셔터를 내릴 채비중이었다.

상점 안 작은 홀로 들어간 그들은 나란히 자리에 앉았다. 브로시에는 여전히 그 티롤 모자를 쓴 채였다.

"이 친구가 신을 겁니다" 하고 그가 말했다.

"고무창을 댄 신발로 한 켤레 주세요."

상점 주인은 남은 신발이 별로 많지 않지만 최고로 멋진 이탈리아 모카신 한 '종류'를 보여주겠다고 했다.

"아뇨, 아닙니다. 고무창 댄 신발로 주세요."

그는 창 두께가 3센티미터쯤 되는, 발목까지 올라오는 신발을 골랐다. 그걸 신어보기 위해서 그는 젖은 양말을 벗었다.

"혹시 양말 한 켤레 없습니까?" 하고 그가 물었다.

"있지만, 테니스 양말이라……"

"괜찮습니다."

그는 양말을 신고 새 신발의 끈을 꼼꼼하게 잡아맸다. 브로시에가 지갑을 꺼내 값을 치렀다. 상점 주인은 헌 신발과 젖은 양말이 담긴 비닐봉지를 루이에게 내밀었다.

밖으로 나오자 그는 비닐봉지를 길가 도랑에 던졌다. 그 엄숙한 행동은 그야말로 그의 삶의 한 시절이 끝났음을 나타내고 있었다. 물론 그에겐 아직 외투도 하나 있어야 했지만 그건 차차 해결할 일이었다.

"뇌보텔에서 식사를 하죠" 하고 브로시에가 말했다. "예약을 해두었어요. 객실도 두 개 예약했고."

"욕실이 딸린 걸로요?" 하고 루이가 물었다.

"네. 왜요?"

툭하면 배수관이 막혀버리던, 여물통처럼 생긴 커다란 내무반 세면대만 쓰다가 욕실이라니 생각만 해도 신나는 일이었다. 연병장에서 불어오는 써늘한 바람에 문이 덜렁거리며 제대로 잠기지도 않던, 좌변기 없는 변소만 이 년 동안 쓰다가 욕실이라니……

"그럼 목욕도 할 수 있겠네요?"

"하고 싶은 대로 실컷."

비가 다시 내리고 있었지만 가랑비여서 머리가 젖을락 말락 했다. 그들은 성벽을 따라서, 약간 안으로 굽어도는 야트막한 비탈길을 내려갔다.

"재밌네……" 하고 브로시에가 성벽을 가리켜 보이며 말했다. "어렸을 적 저 꼭대기에서 로프를 타고 내려왔었는데…… 그런데 참, 신발은 괜찮아요?"

"아주 좋아요."

뇌보텔까지는 몇백 미터 거리였다. 그들은 길 아래 영화관 '르 드라카르' 앞을 지나 비르 강 위로 난 다리를 건넜다. 그러나 루이는 오랫동안 더 걷는다 해도 상관없을 것 같았다. 그는 웅덩이진 곳이건 아니건 개의치 않고 발을 디디면서 어떤 쾌감을 느꼈다. 고무창 댄 신을 신었으니 이제 더이상 아무것도 두려울 것이 없었고, 그 누구도 겁나지 않았다.

* * *

스피커에서 부드러운 음악이 흘러나오고 있었다. 호텔 식당에는 아무도 없었다. 안쪽 테이블에 자리잡은 브로시에와 루이뿐이었다. 브로시에가 부르고뉴산 포도주 한 병을 따고 있는데 종업원이 여러 가지 치즈를 담은 쟁반을 가지고 왔다.

"자, 그럼 쫑을 축하!" 루이의 술잔을 채우면서 그가 세번째로 또 소리쳤다.

루이는 군대 생활을 새삼스레 상기시키는 그 말에 처음에는 짜증이 났지만 이제는 더이상 그런 것에 신경쓰지 않았다. 그는 나른하게 기분좋은 무감각 상태에 몸을 맡기고 있었다.

"후식으로는 네그르 블랑을 먹어봐요" 하고 브로시에가 권했다. "네그르 블랑을……"

그는 술을 너무 많이 마셨다. 얼굴이 진홍빛으로 물들어가고 있었다. 그는 우물우물 말했다.

"이봐요, 루이…… 날 원망하진 마요……"

브로시에는 그에게 몸을 기울였다. 그러고 나직한 목소리로 말했다.

"셰르부르에서 아가씨 둘을 불러왔는데…… 쫑 파티를 하려고……"

루이는 빛이 너무 밝아서 눈을 깜박거렸다. 스피커에서 흘러나오는 곡의 제목을 생각해내려고 애를 썼으나 도무지 떠오르지 않았다. 그 당시 자주 들리던 노래였다. 그런데 그 노래 제목이 뭐였더라?

"네그르 블랑 두 개!"

브로시에는 또다시 몸을 기울였다.

"두고봐요…… 아주 이거라니까. 셰르부르에서 온 아가씨들 말예요……"

여자들은 홀에서 기다리고 있었다. 갈색 머리 여자들이었는데 그중 한 명은 머리를 뒤로 묶어 늘어뜨리고 있었다. 둘은 머리 묶은 여자의 자동차를 타고 그곳까지 왔다. DS 19형이었는데 불로뉴 근처에서 하마터면 고장이 나서 서버릴 뻔했었다. 날씨도 그런데 정말이지 모양이 좋지 못했을 것이었다.

"중요한 건" 하고 브로시에가 잘라 말했다. "그대들이 결국 여기에 와 있다, 이거 아니겠어, 아가씨들."

그가 갈색 머리 아가씨들 중 한 사람의 뺨을 쓰다듬자 그 여자는 그에게 미소를 지었다. 그러고 나서 브로시에는 프런트를 향해 걸어갔다. 루이는 트렁크를 손에 든 채 두 여자와 함께 남아 있었다.

"그래, 군복무를 마쳤다면서요?" 하고 머리 묶은 여자가 물었다.

"네. 끝났어요……"

"여기 생 로에 줄곧 있었어요?"

"네."

"난 해군에 가는 게 더 좋다고 생각해요. 여행도 하고……"

다른 여자가 핸드백에서 거울을 꺼내더니 입술에 루주를 발랐다. 브로시에가 그들에게 돌아왔다.

"자! 119호실! 앞으로 갓!"

좁디 좁은 엘리베이터 안에서 브로시에는 머리 묶은 쪽 여자에게 키스를 하고 그녀를 애무하기 시작했다. 그녀는 그의 깃털 꽂은 초록색 모자를 벗겨서 삐딱하게 썼다. 루이는 다른 여자 쪽으로 떼밀려 딱 붙은 채 트렁크를 팔 끝에 간신히 붙들고 있었다.

질푸른 천으로 도배를 하고 트윈베드와 옅은색 나무 책상이 놓인 방이었다. 침대 양쪽 머리맡 탁자에 각기 라디오가 설치되어 있었다. 브로시에가 다이얼을 돌렸다.

"샴페인을 시켜야지! 하지만 우선 이 아가씨들이 뭔가 보여줄 거예요! 셰르부르의 나이트클럽에 나가는 아가씨들이거든!"

"이름이 뭐예요?" 하고 여전히 브로시에의 깃털 꽂은 모자를 쓰고 있는 여자가 물었다.

"루이."

브로시에가 전등을 껐다. 침대 머리맡의 등 하나만 켜진 채 남아 있었다. 루이는 아까보다 더 거세게 비가 내리고 있는 창밖을 내다보고 있었다.

"자, 좋을 축하! 좋을 축하! 좋을 축하!" 브로시에가 노래 부르듯 외쳤다.

"쫑을 축하" 하고 갈색 머리 여자 하나가 부드럽게 되받았다.

저 아래 호텔 앞으로는 비행장 활주로처럼 드넓은 광장이 펼쳐져 있었다. 두 줄로 늘어선 가로등들이 거침없는 빛으로 그 광장을 밝히고 있었다. 루이는 인적 없는 광장 한복판에 갈색 머리 여자들의 DS 19형 자동차가 서 있는 것을 보았다.

* * *

계단에서는 드럼과 전기기타가 울려대는 소리가 여전히 조르주 벨뤼의 귀청을 요란하게 흔들어놓고 있었다. 그는 '팔라디움'의 문턱을 넘어 들어가기 전, 이층에 놓인 긴 가죽 의자에 상체를 꼿꼿이 세운 채 앉아 정신을 가다듬고 힘을 모으려 애썼다.

어둠침침한 가운데 저 안의 왼쪽, 뿌연 우윳빛으로 트인 곳에 무대가 있고 거기에서 일단의 로큰롤 뮤지션들이 몸을 흔들어대고 있었다. 가수는 아직 자신이 서지 않는 목소리로 어떤 미국 인기곡을 큰 소리로 불러댔다. 무대 주위로 대부분 스무 살이 채 안 된 것 같은 사내아이들, 계집아이들이 빽빽하게 모여 있었다. 밴드의 드럼 연주자는 곱슬머리 금발에 뺨이 통통했는데 벨뤼의 눈에는 일찍 나이 들어버린, 군부대의 아이 같아 보였다.

그는 무리를 뚫고 바로 가서 술을 한 잔 주문했다. 석 잔을 비우고 나자 소음에 좀 덜 민감해졌다. '팔라디움'에 올 때면 그는 매번 한 시간 정도 머물렀고 그동안 무대 위에서는 밴드와 가수들이 차례로 바뀌었다. 그들은 변두리의 청소년들이거나 그 동네 젊은이들이었다. 그리고 그들의 꿈은 너무나도 거세고, 음악을 통해 삶에 대한 저 따분한 예측으로부터 해방되고자 하는 그들의 욕망은 너무나도 난폭한 것이어서, 귀청을 찢을 듯한 기타 소리와 쉬어빠진 그 목소리들이 벨륀에게는 종종 사람 살려 하고 내지르는 구조의 외침으로 들리곤 했다.

오십이 넘은 그는 어느 레코드 회사에 다니고 있었다. 일주일에 두세 번 이곳에 와 아마추어 뮤지션들을 발굴하는 것이 그의 소임이었다. 벨륀이 그들과 약속을 정하면 그들이 회사로 찾아와 오디션을 봤다. 그런 순간이면 그는 기선 앞에 잔뜩 몰려든 이민 희망자들 가운데서 두세 사람만을 뽑아 승선 트랩 위로 떠다미는 세관 직원에 불과했다.

시계를 들여다본 그는 이만하면 현장 임석 임무를 충분히 다 했다고 결론 내렸다. 이번에는 어떤 가수나 그룹을 주의깊게 살펴볼 용기가 생기질 않았다. 자욱한 인파를 헤치고 무대 앞까지 다가간다는 것이 그에게는 초인적인 일같이 느껴졌다. 아냐, 오늘 저녁엔 안 되겠어.

그녀의 존재를 알아보게 된 것은 바로 그때였다. 그때까지 그는 그녀를 보지 못했었다. 그녀를 등지고 앉아 있었기 때문이다. 피부빛이 창백하고 밝은색 눈을 한 밤색 머리의 아가씨였다. 스무 살이 되었을까 말까 했다. 그녀는 바에 앉아 있었지만 저 안쪽을 정신없이 바라보고 있었다. 군중에 동요가 일더니 소란과 더불어 박수 소리, 외침 소리가 들렸다. 누군가 단 위로 올라갔다. 빈스 테일러였다. 저 여자는 왜 다른 사람들 쪽으로 가서 어울리지 않는 것일까? '팔라디움'에서 오직 한 군데 빛이 환한 쪽으로 가서 박혀 있는 그녀의 시선은 벨뤼의 머릿속에 램프 불빛에 이끌려 주저하고 있는 한 마리 나비의 영상을 떠오르게 했다. 빈스 테일러는 단 위에서 박수와 고함 소리가 가라앉기를 기다리고 있었다. 그는 마이크를 조절하고 노래를 부르기 시작했다.

"당신도 노래를 하고 싶어요?"

그녀는 돌연 꿈에서 깨어난 듯 화들짝 놀라며 그를 돌아보았다.

"음악에 관심이 많아서 여기 와 있는 거겠죠?" 하고 벨뤼이 다시 물었다.

그의 부드러운 목소리와 진지한 인상은 사람들에게 항상 믿음을 주었다. 그녀는 그렇다고 말하는 듯 머리를 끄덕였다.

"마침 잘됐군요" 하고 벨뤼이 말했다. "나는 레코드 회사에서 일하는 사람인데 원한다면 도와줄 수 있어요."

여자는 어리둥절한 표정으로 그를 가만히 쳐다보았다. 지금까지 벨륀이 오디션을 위해 골라낸 사람들은 적어도 무대 위에는 올라간 이들이었다. 그들은 드럼과 기타에 맞추어 떠들썩하게 노래를 불렀고 그들의 얼굴은 한순간 강한 조명 속에 나타났었다. 그러나 이날 저녁 벨륀은, 아무 말도 하지 않고 가만히 앉아 이 소란의 한가운데 깊숙이 가라앉아 있는 것만 같은 사람을 선택한 것이었다. 어둠 속에서 분간이 될까 말까 한 얼굴을.

* * *

그는 그녀를 택시로 바래다주었다. 헤어지기 전 그는 종이쪽에 자기 사무실 주소와 전화번호를 적어주었다.

"맘이 내키면 전화하고 찾아와요…… 참, 이름이 뭐죠?"

"오딜."

"자 그럼, 오딜, 곧 다시 만날 수 있기를."

그녀는 포르트 샹프레 근처 붉은 벽돌 건물의 마당을 지나갔다. 엘리베이터를 타고 육층 버튼을 눌렀다. 엘리베이터가 닿는 마지막 층인 육층에 이르자 그녀는 다시 좁은 층계를 걸어올라 복도를 따라갔다.

방은 지붕 밑 다락방이었다. 세면대와 침대 사이에 간신히 드나들 수 있는 통로가 있었다. 벽에는 어떤 흑인 여가수와 미국 남자가수의 사진이 붙어 있었다. 협소한 크기에 어울리지 않게 덩치 큰 라디에이터에선 지나친 열기가 뿜어나오고 있었다.

그녀는 창문을 열었다. 창가에서 보면 저쪽 지평선에 개선문 꼭대기가 보였다. 그녀는 침대에 털썩 주저앉아 트렌치코트 주머니에서 그 남자가 급히 적어준 종이쪽을 꺼냈다.

조르주 벨륀
베리 가 21번지, 4층
ÉLYSÉES 0015

내일 당장 그에게 전화를 걸어볼 생각이었다. 더 망설이고 있다가는 그만 용기가 없어질 것 같았다.

인상이 진지한 남자였다. 어쩌면 도움을 줄 것도 같았다. 그녀는 종이쪽에서 눈을 떼지 않았다. 이름과 주소가 똑똑히 쓰여 있는지 확인하고 싶었다.

먹을 것을 좀 사온다는 걸 잊어버렸다. 그러나 마지막 월급에서 이젠 남은 돈이 거의 없었다. 비농 가에 있는 화장품점에 더 이상 나가지 않게 된 이후 그녀는 마치 목욕물 속에 들어가 뭉그적거리며 나오지 못하고 있는 듯이 매일같이 진종일을 '팔라디움'에 가서 보냈다.

그녀는 침대 발치 바닥에 놓인 전축에 디스크를 한 장 걸었다. 그러고 머리맡 전등을 껐다. 그녀는 어둠 속에 누워 음악에 귀를 기울였다. 눈앞에 주위보다 조금 밝은 창문의 네모꼴이 보였다. 라디에이터 조절 밸브가 빠지고 없어서 열기를 줄이는 것이 불가능했다. 그래서 그녀는 항상 창문 두 짝을 활짝 열어두었다.

* * *

생 라자르 역에 도착했을 때는 밤이었고 브로시에는 잠이 들어 있었다. 루이는 그의 어깨를 가볍게 두드렸다.

그들은 자기들이 타고 있는 침대칸에서 승객들이 모두 내리기를 기다렸다. 이윽고 브로시에가 거울을 보면서 그의 낡은 티롤 모자를 썼고 루이는 양손에 가방을 들고 내렸다. 작은 양철 트렁크와 브로시에의 암홍색 가죽 가방이었다.

택시 정류장에 사람들이 아주 촘촘히 줄을 서 있어서 브로시에는 루이에게 어디 가서 한잔 마시자고 했다. 그들은 암스테르담 가를 걸어올라갔다. 루이는 양손에 가방을 든 채 브로시에가 이끄는 대로 따라갔다. 브로시에는 두 개의 길이 교차하는 곳에 있는, 유리로 된 외벽이 배의 이물처럼 튀어나와 있는 어떤 카페를 골랐다. 실내에는 불빛이 세차게 비치고 있었다. 누군가 핀볼 게임을 하고 있었다. 그들은 카운터 자리에 앉았다.

"맥주 둘" 하고 브로시에가 루이의 의견도 묻지 않고 주문했다. "벨기에 맥주면 좋겠는데요……"

그는 티롤 모자를 벗어 옆쪽 등받이 없는 의자에 놓았다. 루이는 마치 심해 잠수정의 유리벽 옆으로 바다 밑의 그림자들이 지나가듯 유리벽을 따라 사람들이 스쳐가는 모습과 네거리의 교통체증 광경을 물끄러미 바라보고 있었다.

"건배!" 하고 브로시에가 자기 잔을 들어올리며 말했다. "파리에 오니까 좋아요?"

* * *

그녀는 복도를 따라 걸어갔다. 주고받는 말소리와 전화벨 소리가 들려왔다. 사람들이 들어오고 나가고 문들이 쾅쾅 닫혔다. 벨륀의 사무실 안에는 엄청난 고요가 군림하고 있어 문턱에 잠시 동안 가만히 서 있으면 마치 그 안에는 사람이 아무도 없는 것만 같은 느낌이 들 정도였다. 언성 높인 목소리 하나 들리지 않았다. 심지어 타자기 두드리는 소리도 들을 수 없었다.

벨륀은 아래에서 위로 올려 열게 되어 있는 창문 앞에 서서 담배를 피우거나, 그러지 않으면 가죽 소파 팔걸이에 걸터앉아 녹음기에 녹음해둔 노래를 들었다. 그녀에게도 어떻게 생각하는지 의견을 물었지만 음악도 목소리도 너무 나지막해서 그녀의 귀에는 아무것도 들리지 않았다. 어느 날 오후에는, 벨륀이 구태여 볼륨을 맞추어 들을 생각을 하지 않은 채 그저 테이프가 빙글빙글 돌아가는 것을 멍하니 지켜보기만 하는 광경을 목격한 적도 있었다.

그는 오래전부터 같은 레코드 회사에 근무하고 있었고, 그의 직분이 그의 말마따나 "새롭고 예외적인 인재들을 발굴하는" 일이었으므로 그녀에게 디스크 취입을 약속했었다. 그러나 그는 자기 사무실에서 아주 따분해하는 눈치였다. 그녀가 찾아갈 때면 그는 매번 답답하다는 듯한 어조로 말했다.

"내려갈까요, 오딜?"

그는 한 번도 벨이 울리는 적이 없는 전화기를 내려놓고, 복도로 나와 열쇠를 두 번씩이나 돌려 사무실 문을 잠갔다. 그는 오딜의 팔을 잡고 그녀를 엘리베이터로 이끌고 갔다.

그들은 샹젤리제 쪽을 향해 베리 가를 따라 올라갔다. 그는 언제나 말이 없었고 오딜은 그의 몽상을 깨뜨릴 엄두를 감히 내지 못했다. 이윽고 아주 부드러운 목소리로 벨륀이 이제 테이프에다 노래를 녹음해서 레코드 회사에 제출할 때가 되었다고 했다. 좋은 곡을 몇 곡 얻어야 할 테니 아는 작곡가들에게 부탁해보겠다는 것이었다. 오늘날 '젊은 사람들'이 부르는 것하고는 다른, 유행과 관계없는 '고전적인 것'이 좋겠다고 했다.

그러고는 또다시 입을 다물고 말이 없었다. 같은 길을 되짚어 돌아오는 동안, 그녀는 그가 돌연 자기에 대해서는 전혀 관심이 없어졌고 심지어 자기가 옆에 있다는 사실도 잊어버렸다는 느낌을 받았다. 그녀가 디스크와 관련해 힘들게 질문을 꺼내보았으나 그는 아무 대답도 하지 않았다. 그는 자기 앞의 어떤 한 점을 뚫어지게 바라보고 있었다.

"어려운 직업이에요…… 아주 어렵죠……"

그가 그 말을 어찌나 초연한 태도로 했는지 오딜은 그가 과연 그 직업에 대해 여전히 관심이 있기나 한 걸까 싶었다.

그들은 21번지의 대문 앞에 이르렀다. 건물 안으로 들어가면서 그는 오딜에게 저녁에 만나자고 했다.

"이따가 만나요, 오딜."

그녀는 잠시 동안 그 자리에서 망설이고 서 있었다. 위로 올라가 요전번처럼 녹음기의 테이프가 저 혼자 빙글빙글 돌아가고 있는 모습을 바라보는 그가 보고 싶어졌다. 어쩌면 그는 그렇게 검은색 테이프가 소리 없이 돌아가는 모습을 바라보면서 그의 오후들을 보내는 것인지도 몰랐다.

* * *

브로시에가 사업차 '출장'을 다시 떠나기 전에 그에게 골라준 호텔은 15구 저 안쪽 랑자크 가에 위치해 있었다. 세면대가 딸린 방 하나짜리, 갈색 나무 침대가 놓여 있고 벽에는 접시꽃 무늬 벽지를 바른 곳이었다. 나이는 불확실하고 머리는 짧게 자른 여자가 아홉시경이면 그에게 아침식사를 날라왔다. 그는 전부 다 먹었다. 심지어 타르틴을 다 먹고 난 뒤에 남은 설탕과 잼까지 먹었다. 낮에는 어느 카페 판매대에 가서 샌드위치나 하나 사 먹을 생각이었다. 브로시에가 빌려준 150프랑을 가지고 이런 식으로 아껴 먹으면 일주일 이상 버틸 수 있다는 계산을 했던 것이다. 그러고 나면 필시 브로시에가 '출장'에서 돌아올 것이고, 약속대로 '일자리를 줄 중요한 친구'를 소개해줄 것이었다.

부대 의무실에서 보낸 그 끝없는 날들 이후 그는 자신의 초록색 가죽 커버 트랜지스터를 습관처럼 들어왔다. 누워 천장을 쳐다보면서 그는 미래를 생각했다. 다시 말해서 아무 생각도 하지 않았다. 그러는 동안 라디오에서는 여러 번의 정시 뉴스와 노래와 퀴즈 들이 차례로 지나갔다. 때때로 담배를 피우기도 했지만 한 갑을 가지고 오래 피우기 위해 노력했다. 비싼 것이었으니까. 금속 갑에 든 영국 담배였다. 부대에 있을 때는 그 때문에 놀림도 많이 받았다. 그렇지만 그는 갈색 담배는 좋아하지 않았다.

오후가 끝나갈 즈음 그는 방 열쇠를 주머니에 넣고서 프런트의 유리문께를 슬금슬금 훔쳐본 다음 호텔을 나섰다. 프런트에서는 볕에 그을린 듯한 얼굴의 대머리가 등만 보이는 어떤 상대와 체스를 두고 있었다. 밖으로 나온 그는 라 크루아 니베르 가로 접어들었다. 식당은 더 위쪽에 있었고 그는 지나가다가 생 랑베르 광장에서 자주 발걸음을 멈추곤 했다. 거기 벤치에 앉아 담배를 피우면서 그는 저녁식사 시간을 기다렸다. 브로시에가 그에게 낡은 개버딘 레인코트 하나와 모직 재킷을 주었는데 아주 유용했다. 그해 초겨울은 몹시 추웠던 것이다. 그러다 눈이 내리면서부터 날씨가 좀 누그러졌다.

식당은 꼭 어떤 기관의 구내식당 같은 인상을 주었다. 큰 식탁에 여덟 명이나 열 명씩 둘러앉게 되어 있고 식탁별로 담당 여급의 명찰이 붙어 있었기 때문이다. 그는 '지젤'의 식탁에 앉곤 했다. 9프랑을 내면 전식, 고기와 채소, 디저트, 그리고 유리병에 담아주는 포도주를 마음껏 마실 수 있었다. 벽에는 식당 주인의 고향인 사부아의 경치를 담은 벽화가 커다랗게 그려져 있었다.

그는 대다수가 남자인 옆자리 사람들과 의례적인 몇 마디를 주고받았다. 더러는 그 동네 사람들이고 더러는 택시 기사들이었다. 그는 커피를 마시면서 옷에 배어드는 담배 연기와 음식 냄새 속에서 기꺼이 그 사람들과 어울리며 자리를 뜨지 않고 남아 있었다. 그러다 어둠 속에 라 크루아 니베르 가를 걸어 그르넬 대로까지 나갔다.

네거리에 이르면 지상 전철 아래에서는 범퍼카들이 확성기에서 흘러나오는 음악보다 더 요란한 소리를 내고 있었다. 그는 한동안 트랙 가에 서서 불꽃을 튀기고 천장을 쓸며 미끄러지는 긴 전류봉들과 핑크색, 연두색, 보라색 자동차들을 구경했다. 그러고 나서 길가의 흙길을 따라 센 강까지 걸어나갔다.

후에 롤랑 드 브자르디가 그의 아버지 얘기를 했을 때, 그는 센 강 둑으로 나서기 전 지하철역 층계 앞을 지날 때마다 가슴이 미어지던 기억이 났다. 왼쪽으로, 옛날에 아버지가 출전했었다는 것을 그도 알고 있는 동계 자전거 경기장, '벨 디브'의 터에 새 건물들이 들어서 있었다. 브자르디의 사무실에서 일하는 밤이면 그는 시간을 보낼 겸해서 낡은 스포츠신문철을 들여다보다가 '벨 디브'의 선수들 가운데 아버지 이름이 언급된 기사들을 오려 앨범에 붙이곤 했다. 그럴 때면 경기장 터에 들어선 그 건물들 앞에 혼자 서서 머리 위로 지나가는 지하철의 요란한 소리를 들으면서, 그르넬 대로에 이는 먼지 속에서 자신은 그저 한줌의 먼지에 불과하다는 느낌을 억누르지 못하던 모습이 떠오르는 것이었다. 그러나 그때 허공에서는 어떤 실재가 느껴지고 있었다.

* * *

창가에 서 있는 벨린의 시선이 길을 건너는 오딜에게로 가 한동안 그녀를 따라갔다. 그러다가 그녀는 샹젤리제의 인파 속에 파묻혀 보이지 않았다.

그녀는 대로를 따라 걸어내려오다가 비가 오는 바람에 리도 아케이드로 들어갔다. 그녀는 통로에 늘어선 상점 진열창들 앞에서 발걸음을 멈추곤 했다. 어떤 여자가 상점에서 나오다가 그녀와 부딪쳤다. 조금 더 가다가 지나치게 된 한 남자는 그녀에게 미소를 지었다. 그 남자는 발길을 돌려 그녀를 따라오더니 아케이드를 벗어날 즈음 그녀에게 다가왔다.

"혼자이십니까? 저하고 차 한잔 않겠어요?"

그녀는 즉시 고개를 돌리고는 빠른 걸음으로 대로 쪽을 향해 걸어갔다. 사내는 그녀를 따라잡으려 했지만 카바레 '리도'의 문 앞에서 발길을 멈추었다. 그녀가 점점 멀어져가자 사내는 마치 가장 오래 그녀를 바라보는 데 내기라도 건 듯이 시선이 미치는 한 그녀에게서 눈을 떼지 않았다. 사람들이 빽빽하게 무리를 지으며 영화관에서 쏟아져나왔다. 사내는 아직도 그녀의 밤색 머리와 트렌치코트의 뒷모습을 볼 수가 있었다. 그러나 그녀는 곧 다른 사람들과 뒤섞여버렸다.

그녀는 '신포니아'로 들어갔다. 그 시간에는 손님이 많았다. 그녀는 가게 안쪽으로 헤치고 들어가 디스크를 한 장 골라 점원에게 건넨 다음 틀어달라고 부탁했다. 그리고 청취실이 비기를 기다렸다가 작은 이어폰을 양쪽 귀에 고정시키고 자리에 앉았다. 솜에 감싸인 침묵. 그녀는 자기 주변의 소란을 잊었다. 이제 그녀는 여가수의 목소리가 온몸을 휩싸는 것을 느끼면서 눈을 감는다. 언젠가 그 군중 속을, 숨막히는 소음 속을 걷지 않아도 되는 날을 꿈꾼다. 언젠가 마침내 저 소음과 무관심의 장막을 뚫고서, 오직 하나의 목소리가, 이 순간 그녀가 귀기울여 듣고 있는 것처럼 또렷하게 부각되는 하나의 목소리가 될 수 있는 날이 오리라.

* * *

이에나 지하철역 출구를 벗어나자 그녀는 센 강까지 대로를 걸어내려가다가 트로카데로 공원을 끼고 갔다. 벨륀은 좀더 가서 파시 강변로 쪽으로 난 길가에 살고 있다.

건물 맨 꼭대기 층에 있는 그 아파트에는 테라스가 나 있어서 그곳에서는 그 동네의 지붕들과 센 강, 그리고 에펠탑을 볼 수 있었다. 뱃전 같은 인상을 주는 하얀 난간을 두른 테라스의 가장 자리에 벨뤼은 접는 의자 몇 개와 탁자 하나를 갖다두었다.

거실 창문들은 거리에 면해 있었고 가구류는 긴 탁자, 가죽 소파, 그리고 피아노 한 대였다. 복도를 따라가면 벨뤼의 방이 나왔다. 복도 왼쪽 벽에는 팸플릿만한 작은 포스터가 하나 붙어 있었는데, 거기에는 이렇게 글씨가 찍혀 있었다.

〈하와이의 장미〉

작곡

게오르크 블뤼네

연주

구스티 호르버

오스카 하벨카

노래 제목을 나타내는 글자들에는 장미꽃 장식이 되어 있었다. 그 위로 갈색 머리를 한 미남 청년의 타원형 사진이 보였는데, 그녀는 그 청년이 벨뤼이라는 것을 알 수 있었다.

"당신이죠?"

그는 대답하지 않았다. 이튿날 그들은 알보니 광장에 있는 식당에서 식사를 했는데—마치 벨뤼이 자기 집에서 멀리 떨어진 곳으로 가는 것을 두려워하기라도 하는 듯 그들은 언제나 동네에 있는 식당에서 식사를 했다—벨륀은 그때 몇 가지 설명을 했다. 스물세 살 적, 그러니까 아직 오스트리아에 살고 있었을 때 그는 그 오페레타 곡을 작곡해 자기가 태어난 도시인 빈과 베를린에서 엄청난 성공을 거두었었다. 그런데 불행하게도 그 같은 직업적 성공을 거두기 시작하려는 바로 그때에 나치가 권력을 잡게 된 것이었다. 몇 년 뒤 그는 오스트리아를 떠나 프랑스로 오지 않을 수 없게 되었으며, 그후로는 라디오 방송국이나 레코드 회사에서 일하는 것으로 그쳤을 뿐 더이상 작곡은 하지 않았다. 그는 마치 남의 일인 듯이 그 모든 이야기를 아주 무심하게 들려주었다.

저녁을 먹고 난 후 그는 이따금씩 초심자들이 무대에 나오는 어떤 카바레로 그녀를 데리고 가곤 했다. 벨륀은 공연 내용에 실망스러워했지만 그래도 혹시 몰라 끝까지 남아 있었다. 어느 날 저녁, 손님이 아무도 없이 텅 빈, 사크레 쾨르 대사원 근처의 어느 홀에서는—정확하게 말해서 슈발리에 드 라 바르* 가였는데 그 길 이름이 그녀의 호기심을 자아냈다—오로지 그들 두 사람

---

* 슈발리에 드 라 바르(1745~1766). 신성모독죄로 참수형을 당한 귀족. 1793년 복권되어 사크레 쾨르 대사원 앞에 동상이 세워졌다가 철거되고, 이후 그 이름의 길이 생겼다.

만을 앞에 놓고 쇼가 진행됐다. 뿌연 조명 아래서 엷은 금발에 하늘색 의상을 입은 남자가수가 머리를 끄덕거리면서 전기기타를 흔들어댔다. 벨륀은 무표정한 얼굴로 그를 뚫어지게 바라보고 있었다. 이윽고 갈색 머리에 흰 레이스가 달린 의상을 갖춰 입은 키 작은 여자가 자장가를 노래하기 시작했다. 공연이 한 차례씩 끝날 때마다 사회자가 멍청한 행상인 같은 표정으로 나타나 제 딴엔 재치 있다고 여기는 말들을 주워섬겼다. 이마가 툭 튀어나오고 얼굴과 앞가슴이 앞으로 볼록 나온 키다리 아가씨가 뱃사람들의 애가를 불렀다. 그러고 나서는 목소리가 귀에 거슬리는 땅딸막한 여자의 차례가 되어 수다스러운 개그를 늘어놓았다. 조명은 오렌지색, 젖빛, 터키색으로 물들었고 벨륀은 출연자들에게 칭찬의 말을 했다. 그날 저녁의 광경이 그녀의 마음속에 깊은 인상을 남겼다.

그것은 아마도 그 같은 조명 아래서 그의 모습을 몰래 엿보면서, 수수께끼 같은 사람이구나, 아니 심지어는 포스터의 타원형 사진 속에 있던 젊은이, 빈에서 〈하와이의 장미〉라는 곡을 지었던 그 사람과 닮은 미남이구나, 하는 느낌을 받았기 때문이리라.

* * *

그녀는 마침내 이 사람이 없으면 어떻게 살까 하는 생각을 하기에 이르렀고 그가 옆에 없을 때는 미아가 된 느낌마저 들었다.

그러던 어느 날 밤, 벨륀과 헤어져 평소보다 늦은 시각에 집으로 돌아오는데 경찰관들이 지나는 차들을 세우고 검문을 하고 있었다. 그녀는 멀리서부터 그 광경을 보았지만 경찰관들을 피하기 위해 택시 기사에게 당장 차를 세우고 내려달라는 말을 할 용기가 나지 않았다.

제복 경찰관의 지시에 따라 택시는 인도를 따라 줄을 맞추어 섰다. 그녀는 핸드백을 뒤져 여권을 찾아낸 후 차창을 내리고 내밀었다.

"미성년자군요……"

경찰관은 그녀에게 내리라는 손짓을 했다. 그녀가 거기까지의 요금을 지불하자 택시 기사는 무심한 얼굴로 고개도 돌리지 않은 채 잔돈을 거슬러주었다.

호송차가 베르티에 대로 옆길에 저만큼 세워져 있었다. 그녀는 그 안으로 떼밀려 들어갔다.

"미성년자 아가씨야."

"몇 살인데?"

"열아홉."

차 안에는 제복을 입은 사람 둘과 사복 차림의 뚱뚱한 금발 사내 하나가 타고 있었다. 금발이 여권을 들여다보았다.

"부모님과 함께 살고 있나요?"

"아뇨."

"학생인가요?"

"아뇨."

문이 꽝 닫히면서 운전사가 차를 돌리더니 베르티에 대로를 따라 달렸다. 그녀는 제복 경찰관 둘 사이에 끼여 있었다. 사복 차림의 뚱뚱한 금발 사내는 맞은편 긴 의자에 앉은 채 나른하게 여권을 흔들면서 그녀를 쳐다보았다.

"이 시간에 밖에서 뭘 하고 있었죠?"

그녀는 대답을 하지 않았다. 사실 사내도 요식행위 차원에서 귀찮다는 목소리로 던져본 질문일 뿐 대답 따위에는 관심도 없는 눈치였다.

"르 샤틀리에 가에 내려줘" 하고 그가 운전사에게 말했다.

그는 여권을 자기 재킷 속으로 밀어넣었다. 호송차는 오른쪽 골목길로 접어들더니 속도를 줄이면서 멈추어 섰다.

뚱뚱한 금발 사내가 자리에서 일어나더니 차에서 내렸다. 그가 차문을 닫지 않아서 그녀는 그가 유리 현관문에 철제 장식이 되어 있는 어떤 집으로 들어가는 것을 볼 수 있었다. 벽에는 조명장치가 된 간판에 '구르고 아파트'라고 쓰여 있었다.

한순간 그녀는 도망쳐버릴까 생각했다. 제복 경찰관 하나는 차에서 내려 보도 위를 왔다갔다하고 있었고, 다른 한 사람은 그녀의 맞은편 긴 의자에 앉아 눈을 감고 있었다. 하지만 여권을 어떻게 찾는단 말인가? 게다가 보도 위에 있는 경찰관이 길을 막고 있었다.

무기력감이 그녀를 덮쳐왔다. 구르고 아파트 일층에 난 두 개의 창문에 불이 켜져 있었다. 왼쪽 창문 뒤로, 넓은 잎사귀들이 흡반처럼 창유리에 달라붙어 있는 초록색 식물이 보였다.

"담배 피우겠어요?"

경찰관이 그녀에게 담뱃갑을 내밀었다. 그녀는 거절했다.

"이러고 오래 있어야 할까요?"

"모르겠어요."

그는 어깨를 으쓱했다. 많아봐야 스물다섯 살쯤으로 보이는 젊은이로 졸린 얼굴이었다. 그는 엄지와 검지 사이에 담배를 꼭 쥐고 엉큼한 표정으로 빨아당겼다.

뚱뚱한 금발은 키가 아주 크고 손에 지팡이를 쥔 다른 남자와 함께 아파트에서 나왔다. 곧이어 그 두 사람이 따로 이야기할 수 있도록 해주려는 듯, 보도 위를 왔다갔다하던 경찰관이 호송차로 올라와 그녀 옆에 앉았다. 보도 위 두 사람은 큰 소리로 이야기를 하면서 웃음을 터뜨렸다. 그녀는 그들이 주고받는 말의 몇

토막을 알아들을 수 있었다. 폴이라는 사람에 대한 이야기였다.

그들은 이야기를 계속하면서 때때로 호송차에서 멀어지곤 했는데, 그때마다 그녀는 저 사람들이 과연 다시 돌아올까, 하고 생각했다. 혹시 그녀를 잊어버린 것이 아닐까? 제복 경찰관 두 명은 그녀의 옆에서 졸고 있었다. 다시 뚱뚱한 금발과 다른 사내가 큰 소리로 이야기를 하면서 호송차 앞을 왔다갔다했다.

이런 식으로 밤새도록 있다가는 자기도 그 두 경찰관처럼 잠이 들어버릴 것 같았다. 그러나 뚱뚱한 금발이 차문으로 고개를 들이밀었다.

"내려도 돼요."

다른 사내는 몇 걸음 떨어진 곳에서 지팡이에 몸을 의지한 채 서 있었다.

"여권을 당장 돌려주지는 못하겠어요. 내일 두시에 찾으러 와요. 알겠어요?"

그는 그녀에게 17구의 경찰서 주소를 일러주었다.

두 사내가 자기를 지켜보고 있는 것이 분명하게 느껴져 그녀는 감히 고개를 돌릴 엄두를 내지 못한 채 그냥 똑바로 걸어갔다. 빌리에 대로까지 오자 그녀의 앞으로 질풍처럼 스쳐지나가는 호송차의 엔진 소리가 들렸다.

포르트 샹프레 광장에 있는 카페 한 곳이 아직 열려 있었다.

그녀는 벨륀에게 전화를 걸어 자초지종을 이야기하고 싶었지만 계산대에 가서 전화 토큰을 달라고 할 용기가 나지 않았다.

비노 대로의 훤히 트인 공간. 그녀는 이 도시의 경계 지역에 있는 넓은 풀밭에 와 있었다.

훤히 트인 그 대로를 따라 뇌이 쪽으로 걸어가기만 하면 수렁에서 몸을 빼내어 먼바다로 나가듯 해방되는 것이었다.

그러나 그녀는 왼쪽으로 건물 마당을 가로질러 계단을 걸어올라갔다. 방으로 들어선 그녀는 옷을 벗을 생각도, 머리맡의 등을 끌 생각도 못한 채 침대에 누워 잠이 들어버렸다.

* * *

루이는 소스라쳐 깨어 일어났다. 누가 방문을 세차게 두드리고 있었다.

"일어나요, 브로시에예요. 아래서 기다릴게요."

그는 얼른 옷을 입고, 머리에 빗질할 새도 없이 층계를 내려갔다. 브로시에가 프런트 테이블에 몸을 기대고 서 있었다.

"나가서 아침식사를 하자구요."

밖은 아직 어두웠다. 일곱시가 될까 말까 한 시각이었다. 그들은 보지라르 가에 있는 어느 카페로 들어갔다. 종업원이 테이블

주위로 의자 놓는 일을 이제 막 끝내려는 참이었다.

브로시에는 카페오레에 버터 바른 빵을 적시더니 놀랄 만큼 허겁지겁 먹어댔다. 그는 새 모자를 쓰고 있었는데, 똑같이 불그레한 깃털을 꽂은 것으로 예전 것과 같은 모델이었다. 외투 역시 새것인 것 같았다. 티롤산 무거운 모직 외투였다.

"괜찮죠, 이 외투? 당신도 이런 게 하나 있어야 할 텐데. 잘 어울릴 거야…… '튄메르'에 데려가줄게요. 언제까지나 내 낡은 개버딘 레인코트만 입고 지낼 순 없는 거니까…… 이렇게 이른 시간에 잠을 깨워서 미안한데 또 닷새 동안 떠나 있어야 하겠어요. 서남부 지방으로…… 돌아오면 당신 문제를 챙길 생각이고."

그는 루이의 손에 두 번 접은 지폐 몇 장을 쥐어주었다.

"용돈 해요. 내가 돌아오면 일을 시작하게 된다는 걸 잊지 말고. 전에 얘기했던 친구를 소개해줄 테니……"

그는 무엇인가에 열중한 표정으로 시계를 들여다보았다.

"혹시라도 연락할 일이 있으면 7구 슈베르 가의 뮈게 호텔에 메시지를 남겨요. 나한테 전달이 될 테니까. 뮈게 호텔…… Invalides 05-93……"

그는 종이쪽에 전화번호를 적었다.

"닷새 후에 다시 만나는 것으로 합시다. 뒤켄 대로에 있는 알

시옹 드 브르퇴유 호텔에서 같은 시간에."

그는 서남부 지방으로 도대체 무엇을 팔러, 아니면 사러 가는 것일까, 하고 루이는 생각했다. 자동차 타이어일지도 모른다. 그런 생각을 하니 웃음이 나왔다. 그래, 자동차 타이어일 거야.

* * *

"비농 가에 있는 '파리 파르팽'에서 일 년간 일했지요?" 하고 뚱뚱한 금발 사내가 물었다.

"네."

"그런데 왜 그만뒀지요?"

그녀는 고개를 푹 숙였다. 스타킹 올이 풀린 것이 보였다.

"가게에 전화를 해봤지요. 그 사람들이 고소를 하지 않은 것만 해도 고마운 일이오. 하긴 아가씨 나이에 립스틱 몇 개 슬쩍한 걸 가지고 대단히 몹쓸 짓을 했다고 볼 순 없지…… 아니, 아니지…… 신경쓸 것 없어요."

그의 목소리가 은근하고 부드럽게 변했다.

"당신 어머니가 예전에 기록부에 등재되어 있었다는 걸 알고 있나요?"

기록부? 그게 무슨 뜻일까? 사내는 그녀에게 그녀의 성명, 생년

월일, 그리고 "친부 확인 불능"이라는 특기사항이 적힌 종이 한 장을 내밀었다. 그 아래에는 어머니의 성과 이름이 적혀 있었다. 눈에 띄는 대로 몇 줄을 읽어보았다. "상기자는 수단 방법을 가리지 않고 생활해왔음. 매춘…… 암시장…… 독일 점령기에는 파체코의 정부…… 1944년 9월 제브르 강변로 기관에서 심문…… 1947년 2월 14일 32세로 카사블랑카(모로코)에서 사망……"

"우린 모두 다 기억하고 있어요……"

사내는 검은색 플라스틱으로 된 타자기 케이스 위에 팔꿈치를 대고 그녀에게 친절한 미소를 던졌다. 그러나 그녀는 그의 미소가 무서웠고, 마치 도망가지 못하게 만드는 무슨 상처처럼 올이 풀린 스타킹이 자꾸 마음에 걸렸다.

* * *

"자, 이제 당신 차례예요" 하고 뚱뚱한 금발 사내가 말했다.

그녀는 역의 중앙홀을 가로질러 여러 개의 대합실 중 하나로 들어갔다. 아무도 없었다. 그녀는 자리에 앉아 곤두선 신경을 누그러뜨리려고 애쓰면서 잡지책을 뒤적거리기 시작했다.

얼마가 지나자 사람들이 들어와 의자를 차지하고 앉았다. 한참 인파가 몰리는 시간이었다. 교외에서 온 기차들이 승객들을 쏟아놓고, 파리에서 하루 일을 마친 사람들은 출발 플랫폼에서 복작거린다. 그 모래시계 같은 흐름이 저녁 여덟시까지 계속된다.

마음만 먹는다면 이들의 무리에 섞여 들어가 뚱뚱한 금발 사내와 다른 두 사람의 감시로부터 벗어나 아무 기차건 집어타기란 쉬운 일이었으리라. 그러나 사복 경찰관 한 사람이 대합실로 들어와서 문 옆에 앉더니 그녀는 아랑곳없이 신문에 고개를 파묻었다.

이내 모든 의자가 다 찼다. 그녀는 사복 경찰관을 쳐다보지 않으려고 주의하면서 주위를 둘러보았다. 기차를 기다리는 사람들의 피곤에 지친 얼굴들. 어떤 여자에게서 풍겨나는 분 냄새가 차가운 담배 냄새에 뒤섞였다. 안쪽 벽에는 흰색과 하늘색으로 된 포스터가 붙어 있었다. 햇빛을 반사하는 드넓은 흰 눈의 공간 속에 스키 선수 한 사람이 혼자서 미끄러져 내려오고 있다. 그리고 이렇게 쓰여 있다. "앙가딘에서 바캉스를."

밖에서 어떤 남자가 유리문에 이마를 바싹 갖다붙이고 있다. 이 어항 같은 곳에서 그녀는 과연 밖으로 나갈 수 있을까? 그녀 옆에 있던 누군가가 자리에서 일어나 대합실 밖으로 나갔다. 밖에 있는 남자는 유리문 너머로 그녀를 가만히 바라보고 있었다. 잠시 주저하는 듯하더니 그 남자가 다가와 비어 있는 의자에 앉았다. 그의 외투 자락이 그녀의 무릎을 스쳤다.

“몇시쯤 됐죠?”

매우 날카로운 목소리가 그의 각진 얼굴과 스포츠형 머리를 도드라지게 했다. 그는 나비넥타이를 매고 있었다.

대답을 하기 전 그녀는 사복 경찰관 쪽으로 재빨리 눈길을 던졌고, 경찰관은 거의 알아차리지 못할 정도로 가볍게 머리를 끄덕였다.

“어느 기차를 기다리시죠?” 하고 남자가 그녀에게 물었다.

“아홉시 셰르부르행 기차예요.”

“저도 그런데요. 우연의 일치군요…… 차라도 한잔 같이 하면 어떨까요? 아직 한 시간 가까이 남았는데요……”

목소리는 점점 더 날카로워졌지만 그의 말투는 마치 두 입술로 바셀린이라도 바르는 듯 한마디 한마디에 기이하게 공을 들이고 있었다.

“원하신다면……”

남자는 그녀에게서 눈길을 떼지 않은 채 빨리 걸어갔다. 사복 경찰관은 옆으로 몇 미터 떨어져 그들을 따라갔다.

“역 밖으로 나갔으면 합니다. 조용한 장소를 한 군데 알고 있어요……”

밖은 어두웠다. 남자는 어떤 자동차의 문을 열었다. DS 19형이었다. 남자는 딱 부러진 말투로 말했다.

"별로 멀지 않은 곳이지만 차로 가는 편이 빠르거든요."

남자는 암스테르담 가를 내려갔다.

"혹시…… 학생이신가요?"

"네."

"무슨 과죠?"

그녀는 뭐라고 대답해야 할지 알 수가 없었다.

"영어과예요……"

핸들을 잡고 있는 두 손. 약간 기름지고 잔털 하나 눈에 띄지 않는 하얀 손. 그는 약혼반지를 끼고 있었다. 차에 오르기 전 그는 외투를 벗어 꼼꼼하게 개켰다. 감색 양복에 회색 나비넥타이 차림이었다.

그는 생 라자르 가를 따라가다가 좌우로 고개를 돌렸다.

"묘한 동네군요…… 난 이런 동네가 싫어요……"

그는 입을 뾰족하게 한 채 꼭 다물었다.

"저것 좀 보세요…… 상스러워요……"

부다페스트 가의 아케이드에 어떤 여자가 서 있고, 그 뒤로 남자들 한 무리가 어떤 호텔 출입문을 마주보며 몰려 서 있었다.

"상스럽다고 생각하지 않으세요?"

그녀는 아무 대답도 하지 않은 채 가만히 앉아 있었다.

"생각 좀 해보세요. 만약에 댁이 저런 아가씨라면…… 상스럽지 않아요?"

남자는 롱드르 가로 접어들었다.

"매춘을 하는 거예요…… 한심한 아가씨들 같으니……"

"가려는 곳이 먼가요?"

"아뇨. 다 왔어요. 한심한 아가씨들 같으니……"

여자는 다음번 신호등에서 이자를 떼어버려야지 하고 마음먹었다. 그런데 남자가 아무도 없는 좁다란 골목길 쪽으로 갑자기 좌회전을 했다. 얼른 보기에 사도私道인 것 같았다. 그는 차를 멈췄다. 그녀가 문을 열려고 했지만 잠겨 있었다.

"잠깐 기다리세요…… 한 가지 보여줄 게 있어요……"

그녀는 또다시 신경질적으로 차문 손잡이를 꽉 쥐고 어깨로 차문을 밀쳤다.

"아니, 아니지…… 소용없어요. 열쇠로 잠가놓았어요. 기다려요……"

그가 몸을 돌리더니 뒷좌석에서 검은색 서류가방을 집어들었다. 그는 그것을 열고서 갈색 가죽 표지를 대고 제본한 커다란 앨범 한 권을 꺼낸 다음 가방을 제자리에 다시 내려놓았다.

"자…… 이것 좀 보세요……"

그는 앨범을 펼쳤다. 앨범의 각 면에는 '특별한' 사진들이 정성스럽게 붙여져 있었다. 옛날 클리쉬 대로변에서 얼굴이 벌건 곰

보 형제가 몰래 팔던 그런 사진들이었다. 남자는 마치 기도서 책장을 넘기듯 한 손가락으로 조심조심 앨범을 넘겼다.

"좀 보라구요…… 내가 제일 좋아하는 건…… 바로…… 이거예요……"

측면 사진 속 여자 하나가 검은 늑대 가면을 쓰고 얼굴 없는 남자의 성기를 빨고 있었다.

"맘에 들어요?"

남자는 앨범을 내려놓았다. 그는 그녀의 목을 거머쥐었다. 그녀가 몸부림을 쳤지만 남자는 점점 더 세게 힘을 주었다. 그는 오른쪽 어깨로 그녀를 의자 등받이에 밀어붙이고 왼쪽 팔을 뒤로 뻗어 차의 글러브박스를 열었다.

"잠깐 기다려요…… 예방조치를 해야겠어요……"

그는 자신의 얼굴에서 불과 몇 센티미터 떨어진 허공에 반쯤 풀린 콘돔을 쳐들어 보였다.

"이것 때문에 거북하진 않겠죠? 병 걸리면 안 되니까요……"

남자는 그녀를 점점 더 거세게 조였고, 그녀는 몸을 빼내려고 발버둥쳤다. 그녀를 의자에 눕히는 데 성공한 그가 위에 올라타 그녀를 내리눌렀다.

"오래 걸리지 않아요…… 가만있어요……"

그녀는 자신의 두 눈에 닿았다 떨어졌다 하며 흔들리는 회색 나비넥타이밖에는 아무것도 볼 수가 없었다.

"가만있어요…… 금방 되니까……"

그때 차문이 열렸다. 누군가 그 사내의 재킷 깃을 움켜잡고 차 밖으로 끌어냈다. 그녀는 자리에서 일어났고 뚱뚱한 금발 사내가 그녀가 밖으로 나오게 도와주었다.

그들은 남자가 꼼짝 못하도록 벽에, 닫혀 있는 높다란 덧창 사이에 밀어붙였다. 그가 몸을 움직이려 할 때마다 사복 경찰관 하나가 손등으로 그를 때렸다. 그들은 골목길 입구에 세워둔 자기네 차로 그 남자를 끌고 갔다.

"곧 따라갈게." 경찰관 둘이 남자를 차에 밀어넣고 있을 때 뚱뚱한 금발 사내가 소리쳤다.

그러고 나서 약간 겸연쩍은 표정으로 그녀에게 다가갔다.

"다 끝났어요. 어디 가서 한잔하지요……"

DS 19형 자동차의 문은 열린 채였다. 그는 의자에서 뭔가를 집고 나서 차문을 닫았다.

"이걸 잊어버리고 갔군……"

뚱뚱한 금발 사내는 그녀에게 나비넥타이를 보여준 뒤 주머니에 쑤셔넣었다.

그들은 롱드르 가 근처의 카페로 들어가 테이블에 앉았다.

"키르 두 잔!" 하고 뚱뚱한 금발 사내가 주문했다.

그녀는 잔을 단숨에 들이켰다.

"한 잔 더 해요."

사내는 주머니에서 나비넥타이를 꺼냈다. 그리고 그것을 만지작거리면서 그녀가 '협조해준 덕분에' 그와 동료들이 방금 전 체포한 남자에 대해 몇 가지 구체적인 내용을 들려주었다. 부아 콜롱브 사의 엔지니어…… 그의 정체를 알아내는 데 석 달이 걸렸으며 그 나쁜 놈은 글쎄 어떤 어린 독일 여자를 하마터면 살해할 뻔한 적도 있었다고 했다.

그녀는 좀 전에 겪은 일로 인한 충격 때문에 그의 말을 듣는 둥 마는 둥 했다. 게다가 연거푸 두 잔 마셔댄 키르 때문에 머리가 얼떨떨했다.

"키르 한 잔 더 하겠어요? 아니, 더 해요, 어때요…… 나도 한 잔 더 할 테니까……"

그는 사건이 생 라자르 역에서 끝장을 보게 되리라고 확신하고 있었다. 동네 파출소 근무로 경찰관 생활을 시작한 이래의 오랜 경험에 의하면 그랬다. 생 라자르 역은 파리에서도 가장 낮은 구덩이였다. 모든 범죄자들이 미끄러져 들어가게 되어 있는 일종의 깔때기 같은 곳. 그냥 참고 기다리기만 하면 됐다. 그러다가 그자들이 생 라자르라는 늪 깊숙이 빠져들어와 철퍽거리게만 되면 물고기 낚듯 낚아챌 수가 있는 것이다.

"내일 와서 진술을 하도록 해요. 이 친구에게 따끔한 맛을 좀 보여줘야지. 그러고 나면 여권을 돌려줄게요."

그는 무겁게 자리에서 일어났다.

"증인 진술도 지난번하고 같은 장소예요, 알겠어요? 내일 두 시 갈바니 경찰서…… 그러고 나면 다 끝나는 거예요."

그는 어정쩡한 미소를 지으면서 유연한 거동으로 카페를 나섰다. 한시도 눈을 떼지 못한 채 바라보고만 있던 나비넥타이를 테이블 위에 둔 채.

따지고 보면 전혀 중요한 일이 아니었다. 그녀는 벨륀에게도 그 일을 말하지 않을 것이다. 그녀는 키르를 또 한 잔 시켰다. 뒤에서 누군가 핀볼 게임을 하고 있었다. 그리고 그해의 모든 주크박스에서 한결같이 흘러나오고 있던, 그녀가 아주 좋아하는 가수의 목소리가 들렸다. 남자의 것도 여자의 것도 아닌 색깔 없고 나직한 목소리. 마치 스펀지처럼, 연기와 핀볼 소리, 주고받는 말소리, 커피 기계에서 뜨거운 김 내뿜는 소리, 그리고 '루아얄 트리니테'의 유리창이 빛나고 있는 광장의 어둠이 자욱이 스며 있는 목소리였다.

단 한 가지만이 중요했다. 이제 여권을 돌려받게 된 것이다.

* * *

마침내 벨륀은 어느 날 오후 베리 가에 있는 그의 사무실에서 두 남자를 그녀에게 소개해주었다. 손에 검은색 서류가방을 든, 대머리가 다 된 뚱보 하나와 곱슬머리 금발에 뺨이 우묵하게 들어간 남자였다. 작곡가인 베른과 사르디였다. 그들은 그녀를 위해 네 곡을 작곡해 왔는데, 벨륀은 그들에게 저작권 계약서를 건넸고 그들은 거기에 서명을 했다.

그후 일주일 내내 그녀는 오스트리아 출신 피아니스트와 함께 그 노래들을 익혔다. 벨륀이 이따금씩 비서로 쓰곤 하던, 〈하와이의 장미〉 시절에 알게 된 피아니스트였다. 그녀가 곡을 완전히 익히게 되자 벨륀은 녹음 날짜를 정했다.

그는 그녀와 함께 스튜디오로 갔다. 그녀는 이틀간 오후 시간에 노래를 녹음했다. 그러고 나서 벨륀은 그녀가 노래한 네 곡이 담긴 견본 디스크, 그의 표현을 빌리면 "플로피디스크"를 여러 장 만들도록 했다. 저녁에 그녀는 집에서 그 디스크를 들었다. 판을 전축에 걸면 자기 목소리가, 남의 것이 아닌 바로 자기 자신의 목소리가 들린다는 것이 믿기지 않을 지경이었다. 벨륀은 그녀에게 음정이 정확하다고, 계약을 할 수 있을 것이라고 되풀이해 말하면서 용기를 주었다. 그 노래들 중 하나의 제목은 〈새들은 다시 돌아오고〉였다. 또다른 노래의 후렴은 "파도 속에 내 마음을 던져버렸으니"로 시작됐다.

* * *

그 노래들이 담긴 '플로피디스크' 하나를 벨륀이 직접 갖다주고 오겠다고 해서 그녀는 고몽 팔라스 극장의 측면을 따라 뻗은 골목의 레코드 회사 근처에서 그를 기다리고 있었다.

회사에 들어갔다 나온 그는 '기계가 작동하기 시작했으니까' 일주일 후쯤이면 필시 긍정적인 대답을 얻을 수 있을 것이라고 했다. 그러면 그녀는 계약을 체결하게 될 것이라고.

그는 걸어서 사무실로 돌아가자고 했다. 그들은 양지 쪽의 인도를 따라 바티뇰 대로를 걸어갔다. 벨륀은 아무 말이 없었다. 무언가에 골똘해 있는 것 같았다. 그녀가 질문 몇 개를 던져보았지만 아무 대답도 하지 않았다. 참다못한 그녀가 무슨 걱정이라도 있느냐고 물었다.

"걱정은 무슨 걱정. 아냐…… 아무 일도 없어……"

네거리에 이르자 그들은 왼쪽 말제르브 대로로 꺾어졌다. 벨륀은 건물들의 정면을 무심코 바라보더니 돌연 어떤 저택 앞에서 걸음을 멈추었다. 대문과 하나밖에 없는 창문 때문에 인형의 집 같은 인상을 주는 건물이었다.

"그것 참…… 재미있는 일이야……"

평상시 프랑스 말을 할 때도 아주 조금 섞여 있었지만 오딜이라는 그녀의 이름을 발음할 때라야 분명히 느껴지곤 하던 그의 억양이 이 말 속에서는 뚜렷이 드러났다. 그녀는 그의 옆에 서서 그 집을 쳐다보았지만 어떤 점이 벨륀의 관심을 끄는 것인지 알 수가 없었다.

"정말 재밌어…… 옛날 여기에 뭐가 있었는지 알아? 오스트리아 총영사관이 있었어."

"그래요?"

"그래…… 오스트리아 총영사관이었어……"

그는 추억에 잠겼다. 그는 마치 어린아이에게 말할 때처럼 그녀의 어깨 위에 부드럽게 손을 얹었다.

"어느 날엔가 나는 이곳을 찾아왔었지…… 파리에 살던 첫해에. 그때 벌써 오스트리아는 없었어. 그렇지만 오스트리아 총영사관은 여전히 남아 있었지……"

그는 보다 더 확실하게 마음을 사로잡기 위해 속내 얘기를 하는 어조로, 어린 소녀에게 『소피의 불행』을 읽어주는 사람이 그러듯이 목소리를 낮추었다.

"그래서 나는 당시 오스트리아 총영사관이었던 이 집으로 들어갔어…… 사람들은 내가 오스트리아 국적을 잃게 되었다고 했어…… 끝이라고…… 더이상 여권 같은 건 없다고…… 그래서 몽소 공원으로 가 벤치에 앉았지……"

그는 그녀의 팔을 잡고 그 건물의 시커먼 정면에 마지막으로 눈길을 던지더니 그녀를 공원의 철책 쪽으로 데리고 갔다.

그들은 어떤 벤치에 가 앉았다. 옆쪽 모래 더미에서 아이들이 놀고 있었다. 그는 곧장 사무실로 돌아갈 생각이 없는 눈치였다.

"조금 더 햇볕을 쬐는 게 좋겠어요……"

"좋은 생각이야, 오딜."

그가 방금 들려준 이야기가 알쏭달쏭하게 느껴져 그녀는 좀더 자세한 설명을 들었으면 했지만 벨륀은 벤치에 앉아 고개를 뒤로 젖힌 채 두 눈을 지그시 감고 얼굴에 햇빛을 쪼이고 있었다. 오딜은 가령 그때, 더이상 존재하지 않는 오스트리아의 총영사관을 찾아갔다가 나온 그날 오후에도 벨륀이 바로 그 벤치에 앉았었는지 알고 싶었다.

* * *

그녀는 두 번 연거푸 초인종을 눌렀다. 아무 대답이 없었다. 그녀에게도 아파트 열쇠가 하나 있었으므로 그걸로 직접 문을 열었다.

사람을 불러보았지만 대답이 없었다. 아파트는 소리 없이 조용했다. 벨린은 사무실에 늦게까지 남아 있는 것이 분명했다.

거실 탁자 위에 커다란 봉투가 하나 놓여 있었고 거기에 그녀의 이름이 붉은 잉크로 쓰여 있었다. 그녀는 봉투를 열어보았다. 그 안에는 그녀가 녹음한 노래 두 곡이 담긴 나머지 '플로피디스크'들과 편지 한 장이 들어 있었다.

친애하는 오딜, 네가 이걸 읽을 때는 내가 테른 대로에 있는 로바로 호텔의 한 방에서 인생을 마감하고 난 뒤일 것이다. 나는 옛날에 그 호텔에 살았었다. 오스트리아에서 이곳으로 막 왔을 때였지. 그러나 다 설명하자면 너무 길어. 그런 이야기로 너를 따분하게 만들고 싶지는 않다.

너의 디스크에 대해서는 낙관하고 있어. Étoile 50-52번에 전화를 넣어 도벤이나 볼프손을 찾아가보도록 해. 내가 보내더라고 말하고. 그 사람들이 그 일을 처리해줄 거야.

키스를 보내며, 그리고 내 젊은 시절에 유행하던 노래 가사처럼 "이별의 때가 왔으니 안녕이라고 말해다오, 친구여".

조르주

아파트에 남아 있지 마. 저들이 너를 귀찮게 하면서 이것저

것 물어볼 염려가 있으니까.

그녀는 자리에서 일어날 힘이 없어서 햇살이 건반의 한 부분에 닿아 반짝이고 있는 피아노에서 눈을 떼지 못한 채 앉아 있었다. 그녀는 가끔 벨륀의 비서 노릇을 하던 늙은 피아니스트와 함께 그 피아노 앞에서 보낸 오후들을 생각했다. 피아니스트는 그녀에게 노래를 가르쳐주었고 심지어는 재미로 〈하와이의 장미〉 서곡을 연주해주기도 했다. 그녀는 커다란 봉투를 손에 든 채 가죽 소파에 가만히 앉아 있었다.

전화벨이 울렸지만 움직이지 않았다. 벨이 오랫동안 연속적으로 울렸다. 이윽고 침묵 속에서 햇살이 회색 양탄자 위로 미끄러지듯이 옮겨가고 있었다.

* * *

다시 전화벨이 울렸다. 이번에는 수화기를 집어들었다.

"여보세요……"

"전화 받는 분이 누구시죠?"

좀 신경질적인 남자 목소리였다.

"저…… 벨륀 씨의 여자친구……"

"잠깐만요, 끊지 말고 기다려주세요."

남자가 누군가와 이야기를 하고 있었다. 그녀는 중얼거리는 목소리를 들었다.

"여보세요! 조르주 벨륀 씨 댁 맞습니까?"

처음 목소리보다 많이 부드러웠다. 그녀는 수화기를 내려놓았다. 그녀는 트로카데로 공원을 따라 걸었다. 저녁마다 그 길을 걸었었다. 벌써 두 달째 그랬다. 공원, 강변길, 비라켐 다리의 아치. 그녀는 벨륀과 함께 가서 구경했던 공원 수족관과 들레세르 대로에 이르기 위해 함께 걸어올라갔던 계단들을 떠올렸다. 그 구역은 언덕의 비탈에 여러 층으로 나뉘어 건설되었기 때문에 특별한 매력이 있다고 그가 말한 적이 있었다. 그리고 테라스에서 보낸 밤들을, 눈이 내리고 난 뒤 이상할 정도로 따뜻하던 12월의 밤들을, 둘이서 이웃 유리창과 테라스의 신비를 꿰뚫어보려는 듯 응시하던 그 밤들을 그녀는 떠올렸다.

* * *

어느 카페에서 그녀는 전화번호부를 보여달라고 부탁하고 거기서 호텔 주소를 찾아낸 다음 테른 대로를 따라 올라갔다.

호텔이 있는 번지에 이르자 인도 위에 세워놓은 구급차와 자동차, 그리고 그 두 대의 차 사이에서 이야기를 하고 있는 제복 경찰관들이 보였다. 그들은 호텔로 들어가는 현관문 앞에 지키고 서 있었다. 두 남자가 현관에서 나왔는데 순간 그녀는 몸을 돌렸다. 그중 한 사람을 알아보았던 것이다. 지난번 그 뚱뚱한 금발 사내, 생 라자르 역에서 그녀를 미끼로 이용했던 그 사람이었다. 지난주에 그녀는 갈바니 경찰서로 찾아가 증인 진술서에 서명을 하고 여권을 돌려받았었다.

그녀는 감히 뒤돌아볼 엄두도 내지 못한 채 달음박질쳤다. 아무리 쫓아버려도 날아가지 않고 얼굴과 손에 마구 달라붙는 반짝반짝 빛나고 푸른색 나는 파리떼처럼 뚱뚱한 금발 사내가 그녀를 계속 따라오는 것만 같아서 겁이 났다. 그자가 거기서 서성거리고 있는 걸 보면 벨륀은 분명 죽은 것이라는 생각이 들었다.

* * *

그녀는 생 라자르 역과 테르미뉘스 호텔을 연결하는 육교의 간이식당 테이블에 앉았다. 유리창 너머로 거리 풍경과, 역에서 나와 택시 정류장에서 기다리고 있는 사람들을 물끄러미 바라본다. 그녀는 기차를 타고 지체 없이 파리를 떠나야겠다는 막연한 생각을 하면서 이곳까지 오게 되었다. 그리고 사람들은 결국 생 라자르 역의 구덩이 속으로 낙착되고 만다던 뚱뚱한 금발 사내의 말을 떠올린다.

날이 어두워졌다. 역의 대합실과 간이식당 사이를 오가는 단조로운 발걸음들. 사람들은 바삐 음료수를 들이켜고 교외로 떠나는 기차를 향해 걸어간다. 저 아래에서는 사람들이 차례차례 택시에 오른다. 그런데도 기다리는 사람들의 줄은 여전히 길기만 하다. 그 같은 북새통 속에서 그녀만이 움직이지 않고 가만히 앉아 있다.

그녀는 뚱뚱한 금발 사내와 같이 있던 지난번처럼 키르 한 잔을 시켰다. 그녀는 자기가 이곳에 온 이유를 잊어버렸다. 옆에 와서 앉고 일어서고 또 앉는 사람들의 물결 때문에, 대합실에 소용돌이치는 소란 때문에 머리가 어질어질하다. 얼마 동안이나 잠을 자지 못했던가? 주위로는 어렴풋한 실루엣들과 움직이는 커다란 반점들이 보일 뿐이고, 벌레 소리처럼 귓전에 붕붕거리는 소음이 차츰 다른 모든 소리들을 뒤덮어버린다.

* * *

브로시에는 자기 칸의 유리창을 아래로 내리고 고개를 밖으로 내밀었다.

"루이, 모레 랑자크 호텔로 전화를 하겠소. 다섯시경에……"

기차가 움직이기 시작했다. 브로시에는 유리창에 머리를 갖다대고 절박한 제스처로 다섯 손가락을 펴 보였다. 아마도 '다섯시'라는 뜻이었을 것이다.

루이는 역의 대합실로 다시 돌아왔다. 라 크루아 니베르 가에 있는 식당으로 저녁을 먹으러 가기에는 너무 늦었다. 역에서 밖으로 나가는 계단 쪽으로 가려니까, 왼쪽 유리 칸막이가 된 통로에 조그만 간이식당이 차려진 게 보였다. 그는 안으로 들어가 테이블에 자리를 잡고 카페오레 한 잔과 타르틴 두 개를 주문했다.

늦은 시간이었기 때문에 다른 손님은 없었다. 저 안쪽 테이블에서 굽힌 팔 위에 이마를 얹은 채 자고 있는 듯한 아가씨 하나가 눈에 띌 뿐이었다. 루이에게는 그녀의 밤색 머리카락밖에 보이는 것이 없었다.

러시아워에 이곳으로 몰려드는 사람들의 숨결로 닳고 더럽혀졌는지 간이식당의 불빛은 탁한 누런색이었다. 오직 검은 유리벽만이 투명한 광채를 발하고 있었고, 그 옆 벽에는 포스터가 한 장 붙어 있었다. 거기에는 이렇게 쓰여 있었다. "앙가딘에서 바캉스를."

타르틴을 먹으면서도 루이는 테이블 위에 흩어져 덮인 그 밤색 머리카락에서 눈을 뗄 수 없었다. 팔꿈치와 이마와 손을 분간하기도 어려웠다. 미동도 하지 않았고 숨을 쉬고 있다는 증거 하나 없었다. 어쩌면 여자는 죽었을지도 모른다.

그는 커피를 마셨다. 종업원이 밖으로 나가자 이제 식당 안에는 침묵만 가득했다. 저 아래 정류장에 멈추어 서 있는 택시들의 디젤 엔진 소리, 그리고 규칙적으로 여닫히는 문소리뿐이었다. 테이블 위, 흩어진 머리카락 옆에는 색깔 때문에 석류 주스인지 뭔지 분간이 가지 않는 액체가 반쯤 담긴 잔이 놓여 있었다.

종업원이 다시 나타나 테이블 위에 의자를 하나씩 뒤집어 얹어놓기 시작했다. 폐점 시간이었다. 루이는 식사비를 계산했다.

"자는 건가요?"

종업원이 테이블 위에 엎드린 여자를 가리키며 그에게 물었다. 그러곤 잠시 망설이더니 여자에게 다가가 어깨를 흔들었다. 그녀가 천천히 얼굴을 들었다.

"문 닫아요!"

그녀는 알아듣지 못한 채 눈을 깜박거렸다. 루이는 그녀의 창백한 모습에 놀랐다. 그녀는 주머니를 뒤지더니 동전 몇 개를 꺼내 테이블에 놓았다. 종업원이 세어보았다.

"3프랑이 모자라요."

그녀는 난감한 표정으로 다시 주머니를 뒤졌지만 아무것도 없었다. 루이가 자리에서 일어나 5프랑짜리 지폐 한 장을 테이블 위에 놓았다.

"고맙습니다."

대합실에는 인적이 없었다. 루이는 그녀의 뒤를 따라갔다. 그녀는 점점 더 천천히 걸어갔는데 루이는 그녀가 혹시 쓰러지지나 않을까 겁이 났다. 마침내 그녀는 매표구 가까이에 있는 한 벤치에 앉았다.

"몸이 불편하십니까?" 하고 루이가 물었다.

"좋지 않군요…… 정신을 잃을까봐 겁이 나요……"

루이는 그녀의 곁에 앉았다.

"괜찮다면 도와주고 싶어요……"

"고마워요…… 조금만 기다려주세요…… 나아질 거예요……"

저 안쪽, 커다란 구내식당 테라스에서는 한 무리의 휴가병들이 노래를 불러대면서 후렴이 끝날 때마다 고함과 폭소를 터뜨렸다. 몇몇 사람들은 몽유병자처럼 느릿느릿한 걸음걸이로 출발 플랫폼 쪽을 향해 가고 있었다. 루이는 조금 전 브로시에를 배웅하러 기차 타는 데까지 갈 때 보았던 인파를 생각했다. 그 물결이 빠져나가고 나자 이 거대하고 텅 빈 홀에는 그와 이 아가씨, 그리고 저쪽의 휴가병들만이 마치 한 다발의 해초처럼 좌초되어 남아 있었던 것이다.

그는 그녀가 자리에서 일어나는 것을 도와 팔로 부축해주었다. 계단을 내려갈 때 그는 꽉 움켜잡으며 의지하는 손의 무게를 느꼈다. 그녀는 역의 홀에 있을 때보다 더 창백했다. 네온사인에서 흘러내리는 빛 때문인 것 같았다. 그는 그녀를 부축해 택시 정류장까지 갔다. 요행히 기다리는 사람이 아무도 없었다.

그녀의 중얼거리는 목소리는 너무도 나직했으므로 루이가 기사에게 "포르트 샹프레로 갑시다" 하고 행선지를 말했다.

* * *

그녀는 엘리베이터 안에서 간신히 몸을 지탱하고 서 있었다. 루이는 그녀가 복도를 걸어갈 수 있도록 팔을 붙잡아주었다. 그녀가 그에게 방문을 가리키면서 열쇠를 주었다. 루이는 열쇠를 돌리는 데 몹시 애를 먹었다. 열쇠구멍 속에 반만 집어넣고 돌려야 열리도록 되어 있었기 때문이다. 그녀는 침대에 쓰러졌다.

"뭘 좀 먹겠어요?" 하고 루이가 물었다.

"아뇨, 고마워요."

그녀의 얼굴이 너무나 창백해서 루이는 의사를 불러와야 하는 게 아닐까 생각했다.

"벌써 좀 괜찮아졌어요……"

여자는 그에게 조금 웃어 보였다.

"가지 말고 있어주시겠어요? 내가 좀더 나아질 때까지……"

"이름이 뭐예요?"

"오딜."

그는 침대 가장자리에 앉았다. 그녀는 눈을 감았다가 다시 뜨곤 했는데, 다시 눈을 뜨는 간격이 점점 더 길어졌다. 그러더니 이내 잠이 들었다.

나가서 먹을 것이나 마실 것을 사다주는 게 좋지 않을까? 포르트 샹프레 부근에는 아직 문을 연 카페들이 있을 것이다. 그러나 그사이 그녀가 깨어날지도 몰랐다. 그제야 그는 브로시에가 떠나기 전 그에게 돈을 주는 것을 잊었다는 사실을 깨달았다. 이제 그에게는 5프랑짜리 지폐 두 장밖에 없었다.

그녀는 왼쪽 뺨을 베개에 대고 잠들어 있었다. 그는 옆쪽 지퍼를 내려 열도록 되어 있는 그녀의 부츠를 벗겨주었다. 그 방은 어지간히도 작았다. 침대와 세면대 사이에 간신히 드나들 수 있는 통로가 있을 뿐이었다. 벽에는 가수 사진들이 붙어 있었고 세면대 위에는 달력이 1월 4일을 표시하고 있었다. 그는 무의식적으로 이미 지나간 날짜들을 뜯어냈다. 그날은 1월 12일이었다.

창문은 왜 활짝 열려 있는 것일까? 그는 창문을 닫았다. 그러고 라디에이터가 너무 뜨겁게 달아올라 있었기에 열기를 조절하려고 밸브를 찾았다. 그러나 찾을 수가 없었다. 그제야 그는 까

닮을 알아차리고 다시 창문을 열었다.

배가 고팠다. 겨우 10프랑을 가지고 어떻게 닷새를 살 수 있을까? 그는 여자 옆에 몸을 누이고 머리맡의 등불을 껐다.

* * *

오딜은 주머니를 뒤져 10프랑짜리 지폐 석 장과 2프랑 85상팀을 그러모았다.

오후가 기울어갈 무렵이면 루이는 동네 건물들을 한 바퀴 돌아 우유 1리터, 빵, 그리고 햄 몇 조각을 사오곤 했다. 그는 뒤게 호텔에 전화를 걸었다. 브로시에는 다음주나 되어야 돌아온다고 했다.

배고픔에 시달리지 않기 위해 그들은 잠을 자거나 가능한 한 오랫동안 누워 있었다. 그들은 시간 개념을 상실해갔다. 만약 브로시에가 다시 돌아오지 않았더라면 그들은 절대로 방에서 나가지 않은 채 침대에 누운 그대로 음악을 들으며 차츰차츰 표류해갔을 것이다. 외부세계에 대한 마지막 영상은 네모난 창틀 속으로 진종일 쏟아지던 눈송이들이었다.

루이는 오딜을 브로시에에게 소개했다. 브로시에는 '루아얄 샹프레'의 테이블에 앉아서 그들을 기다리고 있었다.

"직업이 뭐지요?" 하고 브로시에가 물었다.

"디스크를 하나 준비하고 있어요."

"디스크요? 요새는 경쟁이 치열할 텐데요……"

그는 루이에게 고개를 돌리며 말했다.

"이 친구한테는 아주 좋은 일자리를 하나 구해줄까 해요. 그런 일을 해낼 만한 재목이라는 것을 증명해 보여줘야 할 텐데……"

그가 보호자연하는 어조로 말을 했던지라 듣는 쪽은 둘 다 불쾌해져서 서로 눈길을 마주쳤다. 여자 쪽에서도 브로시에에 대해 같은 생각을 하고 있다는 것을 루이는 확실히 느낄 수 있었다. 브로시에는 한껏 매력적으로 비쳐지기를 바라는 눈길로 오딜을 물끄러미 건너다보았다.

"나도 아주 젊었을 적에는 예술가의 길로 나가보겠다는 꿈이 있었죠……"

그는 당장이라도 속마음을 털어놓으려는 듯이 미소를 지었다.

"사실 그런 쪽으로 나가라고 격려해주는 어떤 분을 만났었거든요. 기막힌 분이었어요…… 연극 학교 등록도 시켜줬었죠…… 불행하게도 잘될 수가 없었지만. 롤랑 투탱이라는 어떤 배우와 내가 너무 닮았던 거예요."

그는 자기 말의 중요성이 보다 잘 느껴지도록 천천히 호흡을 가다듬었다.

"따지고 보면 정말 관심이 갔던 유일한 것이 바로 그거였는데…… 그럼 이제 두 사람은 함께 살 건가요? 저쪽에?"

그는 길 건너편에 있는 건물들 쪽을 가리켜 보였다.

"네…… 같이 살 거예요" 하고 루이가 말했다.

"나이가 나이니만큼 좋은 일이죠. 공기만 먹어도 사는 것 아니겠어요?"

그는 티롤 모자를 벗어 테이블 위에 내려놓았다. 다른 것들보다 더 짙은 녹색 모자였다. 아마 그런 모자가 세트로 있는 모양이었다.

"나 역시 그 나이 때는 별 걱정을 안 했어요. 나중에 그때 얘기를 해줄게요."

이때까지 덤덤한 표정으로 앉아 있던 오딜이 더이상 못 참겠다는 듯한 기색을 보였다. 브로시에도 낌새를 챈 것 같았다. 그는 불쑥 고개를 쳐들었다.

"그런데 루이, 목요일 세시에 내 친구 브자르드디와 약속을 했는데 면도라도 좀 하지그래요. 꼭 떠돌이 같은 꼴이니……"

* * *

아파트는 베르사유 대로 쪽으로 들어가게 되어 있는 건물들 중 하나로 루이 블레리오 강변로에 있었다. 사층에 올라가자 루이는 초인종 옆에 작은 대리석 판이 붙은 것을 볼 수 있었다. 거기에는 금박을 입힌 글자로 R. de B.라고 새겨져 있었다.

"무슨 뜻이죠?" 하고 그가 브로시에에게 물었다.

"롤랑 드 브자르드디의 약자예요."

브로시에가 초인종을 눌렀다. 키가 크고 갈색 머리에 사십 대쯤으로 보이는 남자가 문을 열었다.

"롤랑, 이쪽은 루이 메믈링이야. 여긴 롤랑 드 브자르드디."

"처음 뵙겠습니다."

남자는 그들을 거실로 안내했다. 센 강 쪽으로 창문이 난 널찍한 방이었다. 옅은 청색 벨벳 소파를 그들에게 권하고 나서 그는 루이 15세식 책상 앞에 가 앉았다.

"나이가 어떻게 되죠?"

"스무 살이야." 루이가 미처 대답할 틈을 주지 않고 브로시에가 말했다.

"좋아요."

브자르디는 보호자연하는 눈길로 그들을 쓰다듬었다. 책상 위에는 오직 전화기뿐 아무런 종이도 놓여 있지 않았다. 그러나 서류 더미들이 하늘색 양탄자 바닥에 쌓여 있었다.

"졸업장은 있나요?" 하고 브자르디가 물었다.

"아뇨."

"이제 막 군복무를 마친 참이야" 하고 브로시에가 말했다.

"어쨌거나 졸업장은……"

브자르디는 손등으로 책상 위를 쓸었다. 힘이 있으면서도 고른 얼굴 윤곽, 곱슬곱슬한 갈색 머리. 모직 재킷을 입고 아주 꼿꼿하게 앉아 있는 그는 마치 저명한 변호사 같아 보였다. 문득 루이의 머릿속에 '법조계의 거물'이라는 표현이 떠올랐다. 아마도 그의 앞에 놓여 있는 거창한 가구와 특히 그의 엄숙한 목소리 때문이었을 것이다.

"내가 맡길지도 모르는 일이 어떤 종류의 일인지 얘기했나?"

"아직."

"내가 말하지…… 아주 어려운 일은 아니에요, 차고에서 숙직을 하는 야근직인데…… 일종의 비서직인 셈이죠. 전화가 오면 받고 손님들에게 문을 열어주고……"

"어떻게 생각해요, 루이?" 하고 브로시에가 물었다.

"좋아요."

"그렇다면 가능한 빨리 시작하는 게 좋겠는데" 하고 브자르디가 말했다.

그러니까 그는 겉보기와는 달리 '법조계의 거물'은 아니었다. 그의 입에서 튀어나온 "차고"라는 말은 마치 노래하다가 틀린 음정처럼 루이에게는 이상하게만 들렸다. 이제 그는 이 사내를 차고 주인으로 상상하려고 애를 썼다.

"그럼 초봉은…… 한 달에 1,500프랑으로 하죠" 하고 브자르디가 말했다.

"괜찮아요?"

"네."

"물론 보너스도 있을 거예요" 하고 브자르디가 말했다.

브자르디는 자리에서 일어나더니 그들을 거실 한쪽 구석으로 데리고 갔다. 브로시에가 루이의 팔을 잡고 속삭였다.

"저 친구 책상 봤죠, 루이? 진짜 루이 15세식이라구요…… 청동을 녹여 만든 주물 장식을 좀 봐요…… 저 아래쪽은 그러니까…… 아칸서스 잎 장식을 한 발이 달려 있군요……"

그들은 옅은 청색 벨벳 소재의 다른 소파에 앉았다. 나직한 탁자 한가운데에는 아페리티프 쟁반이 놓여 있었다. 탁자는 나선형으로 장식된 짧은 다리가 달린 것으로 검은색 래커 칠이 되어 있었는데 아마도 중국산인 것 같았다.

"위스키? 포르토?"

브자르디가 두 사람에게 술잔을 내밀었다. 루이는 주위를 둘러보았다. 오른쪽에는 책장이 벽을 가득 메우고 있었는데, 선반에는 대부분 케이스에 든 육중하고 현란한 양장본 책들이 가지런히 꽂혀 있었다. 그 맞은편 쪽 벽난로의 대리석 판 위에는 아름답고 젊은 갈색 머리 여자의 사진이 은제 사진틀에 끼워져 있었다. 브자르디의 아내일까? 저 사람은 정말 차고 주인일까? 루이는 감히 그것을 그에게 물어보지는 못했다.

창문 너머로 강둑이 보였고 센 강 저쪽 건너편으로는 시트로앵 자동차 공장의 흰색 건물이 눈에 들어왔다. 기중기 한 대가 돌무더기를 들어올리고 있었다. 어째서 여기 브자르디의 이 아파트는 너무나도 호사스러운데 강 건너에는 음산한 날씨 속에 공장이며 부두며 창고 따위가 늘어선 풍경만이 보이는 것일까?

그렇다. 브자르디가 여기에 살고 있는 것은 우연이 아니다. 양장본 책들이라든가 지나치게 육중한 거실 양탄자들과 자벨 거리의 저 한심한 작은 집들 간의 강한 대조가 필경 이 사내의 내면을 가득 채우고 있는 것임에 틀림없다.

"성이 분명 메를링이라고 했죠?" 하고 브자르디가 물었다.

"네."

"옛날 유명한 자전거 경기 선수 메를링과는 친척이 되나요? '타바랭'에 출연하던 댄서와 결혼한 그 사람 말이에요."

루이는 잠시 머뭇거리다가 대답했다.

"네…… 친척 간이지요……"

* * *

자신의 어머니가 일했던 곳이 궁금해진 그는 '타바랭'의 주소를 찾아갔으나 빅토르 마세 가의 그 번지에는 창문도 없는 정면의 벽만이 가로막고 있었다. 옛 뮤직홀을 무도장이나 차고로 개조한 것이 분명했다. 그것은 아버지에 대한 추억에 잠긴 채 처음으로 그르넬 대로를 따라 걸어내려가 '벨 디브'를 바라보려고 마음을 가다듬던 그날 저녁과 똑같은 모험이었다.

이리하여 그의 부모의 삶을 떠받치는 중력중심과도 같았던 두 장소가 이제는 더이상 존재하지도 않게 된 것이다. 고통으로 그는 땅바닥에 못박히는 기분이었다. 건물 벽면들이 그의 어머니와 아버지 위로 천천히 무너져내리고 있었고 그 끝없는 붕괴가 일으키는 구름 같은 먼지로 그는 숨이 막혔다.

그날 밤 그는 파리가 오직 '벨 디브'와 '타바랭'의 조명만이 빛나고 있는 시커먼 구덩이로 변한 꿈을 꾸었다. 나비떼들이 잠시 동안 그 불빛 주위에서 어쩔 줄 모른 채 날아다니다 그 구덩이로 떨어져버렸다. 나비떼는 그 속에서 두꺼운 층으로 쌓여갔고 루이는 그 속으로 무릎까지 빠져들었다. 그러다가 이윽고 자신도 나비가 되어 다른 나비들과 함께 어떤 도수관 속으로 빨려들어가버렸다.

* * *

정오에 어린아이들이 마당에서 놀고 있었다. 그는 반수 상태에서 아이들이 떠드는 소리를 듣고 있었다. 대개 오딜은 벌써 나가고 없었다. 디스크 일에 골몰해 있었던 것이다. 그는 맞은편에 있는 '루아얄 샹프레'에서 아침식사를 하곤 했고, 그러노라면 오딜이 그곳으로 그를 찾아왔다. 나중에 그는 오딜의 약속 장소들로 함께 가주곤 했다. 그녀는 먼저 벨륀이 시킨 대로 도벤이나 볼프손을 만나기 위해 고몽 팔라스 뒤에 있는 레코드 회사로 갔다. 그녀를 맞아준 사람은 볼프손이었다.

그는 '플로피디스크'를 끝까지 들어보더니 아주 부드러운 목소리로 "이건 우리의 제작 계획과는 맞지 않는다", 그렇지만 "이 기획"에 관심을 가질 만한 흥행주나 카바레 지배인, 라디오 계통 사람들, 혹은 다른 회사 목록을 주겠다고 했다. 그는 그녀 앞에서 어떤 주소나 전화번호를 확인하기 위해 이따금씩 명부를 들여다보면서 목록을 작성했다. 그러고 나서 종이를 접어 봉투에 넣었다.

"자, 여기 내 명함을 줄 테니까…… 내가 보내서 왔다고 말해요……"

그는 자리에서 일어나 오딜을 사무실 문까지 배웅했다. 그는 그녀와 악수를 했다. 그러고 조금 북받친 목소리로 말했다.

"조르주 벨륀과는 잘 아는 사이였지요?"

"네."

"정말 안됐어요…… 그렇게 멋진 친구가……"

그는 그녀의 앞에 서 있었다.

"난 그 사람을 빈에서 알았죠…… 난리가 나기 전에……"

그녀는 그가 하는 말을 이해할 수 없었다. 난리가 나기 전에?

"행운을 빕니다……"

그는 문으로 머리를 내밀고 다시 한번 말했다.

"행운을……"

* * *

때때로 그들은 둘이서, 그녀를 맞아주는 응접실 좌석에 앉아 기다리곤 했다. 대개의 경우 면담 시간은 그리 오래 걸리지 않았고, 그녀는 실망한 표정으로 손에 '플로피디스크'를 든 채 그가 기다리는 자리로 돌아왔다.

그녀가 자기 노래들을 소개하는 동안 혼자 자리에 남은 그는 마치 치과병원의 대기실 풍경처럼 나직한 탁자들 위에 잔뜩 쌓여 있는 잡지들을 뒤적거렸다. 잡지에는 새로 나온 디스크들과 당시 히트 곡들이 차례대로 적혀 있었는데, 그 모든 이름이 그다음 철이면 대부분 사라져버렸다. 사람들이 분주하게 문을 열고 닫을 때마다 음악 소리가 왈칵 쏟아져나오곤 했다.

어느 날 저녁 그가 복도 한가운데 서서 오딜이 자기 디스크 들려주는 일을 끝내길 기다리고 있는데 타자기 두드리는 소리, 불확실하게 들리는 대화 소리, 전화벨 울리는 소리 따위에 가려진 채 그녀의 목소리가 들려왔다. 그는 이런 모든 것이 과연 무엇인가에 소용되기나 하는 일인지 궁금했다.

* * *

그들은 오래전부터 어떤 널찍한 현관 대기실에 앉아 있었다. 문들이 빠끔히 열리면 그 틈으로, 방 주인들이 탁한 공기와 담배 냄새를 남긴 채 이제 막 자리를 뜬 듯한 빈 탁자들이 보였다. 맞은편 벽시계가 여덟시를 가리키고 있었다.

"밖에 나가 있을게" 하고 루이가 그녀에게 말했다. "요 앞 카페에 있을 거야."

여덟시 십분. 그녀는 벽시계에서 눈을 뗄 수 없었다. 그 반짝이는 강철과 유리에 눈이 부셨다. 방안의 침묵이 어찌나 깊은지 네온이 가늘게 빠지직거리는 소리가 들렸다. 그녀는 자리에서 일어나 창문께로 걸어갔다. 밤이었다. 저 아래로 자동차들의 물결이 그랑드 아르메 대로를 따라 흐르고 있었다. 이중 유리문 때문에 엔진 소리는 거의 들리지 않았다. 대로 건너편에는 루이가 가 있겠다고 말한 카페가 있었다. 그가 기다리는 곳까지 찾아갈 힘이 남아 있기나 할까? 비가 오고 있었다.

"비에티 씨가 기다리십니다."

그녀는 여비서가 안내하는 대로, 현관 대기실과 마찬가지로 네온 불빛이 세차게 비치는 하얀 벽의 복도를 따라갔다. 여비서가 가죽 쿠션을 대어 방음장치를 한 문을 열고는 그녀를 안으로 들여보냈다.

반원형 나무 탁자 양쪽에 두 명의 남자가 앉아 있었다. 그중 한 사람이 자리에서 일어났다. 볕에 그을린 갈색 피부. 술이 달린 사슴 가죽 재킷 차림이었다. 그가 문을 향해 걸어왔다. 그를 알아본 오딜이 멈칫거리며 인사를 했다. 사내는 웃으며 답례를 했다.

"그럼 다시 만나, 프랑크" 하고 뒤쪽 탁자에 앉아 있던 사람이 말했다.

"또 보자고."

그가 방을 나가자 안쪽에 있던 사람이 오딜에게 가까이 오라고 손짓했다.

"안녕하세요."

"안녕하세요" 하고 약간 떨리는 심정으로 오딜이 말했다.

"네, 저 사람은 프랑크 알라모였어요" 하고 마치 어떤 질문에 미리 대답하기라도 하듯 그가 말했다. "난 저 사람 노래를 아주 좋아해요. 특히 〈여보세요, 아가씨〉가 좋아요."

갈색 머리에 역시 볕에 그을린 피부, 상당히 젊어 보이는 남자였다. 그는 프랑크 알라모를 약간 닮았고 줄무늬가 있는 감색 맞춤양복 차림에 넥타이핀까지 꽂고 있었다. 유리판을 덮은 사무용 책상 위에는 서류들이 잔뜩 쌓여 있고 전화기가 두 대 놓여 있었다.

"볼프손이 보내서 왔지요?"

그의 부드러운 목소리가 뜻밖이라 그녀는 놀랐다. 이런 사무실을 차지하고 있는 사람들은 단호한 어조로 말을 하기 일쑤였다.

"내가 당신 노래들을 들어주길 원하는 거죠? 자 그럼, 어디 들어봅시다."

그는 거의 소곤거리듯 말하고 있었다. 그녀는 핸드백에서 '플로피디스크' 한 장을 꺼냈다.

"벌써 녹음을 했나요?"

"네, 어떤 분이…… 조르주…… 조르주 벨륀이 제 노래를 녹음해주셨어요……"

"벨륀? 그러니까 저……"

전화벨이 울려서 그는 말을 멈추었다.

"아니, 이젠 아무 전화도 내게 연결하지 마요."

그는 수화기를 내려놓았다.

"벨륀 이야기는 가슴 아픈 일이에요. 여기서 한동안 일을 했었지요, 아마. 그 사람과는 잘 아는 사이였나요?"

"네."

그는 '플로피디스크'를 집어 책상 옆에 놓인 턴테이블에 걸었다. 그러고 그녀를 회색빛 나는 큰 소파 쪽으로 데리고 갔다.

"여기가 더 편하겠어요, 음악을 듣기에……"

그는 그녀 옆에 와 앉기 전 가죽 방음장치가 된 문으로 가 문을 잠갔다.

그 디스크는 어찌나 여러 번 틀었는지 이제는 노래가 점점 더 좋지 않게만 들렸고 그녀의 목소리는 거의 들리지도 않을 지경이었다. 아닌 게 아니라 벨륀이 그녀에게 '플로피디스크'는 턴테이블에 걸어놓고 너무 자주 틀면 쉽사리 닳아버린다고 했었다. "인생이 그렇듯이" 하고 그는 덧붙여 말했었다.

그녀는 디스크가 멈춰버리는 순간이 올까봐 겁이 났다. 그러면 늘 그랬듯이 자리에서 일어나 인사를 하고 나가야 하는 것이었다. 그녀 역시 다 닳아버린 느낌이었다. 그녀는 부드러운 색조의 그 사무실에 가득한 침묵과 안락이 자신의 몸 안으로 배어들도록 고즈넉이 앉아 있었다. 회색 양탄자, 밝은색 나무 가구, 넓은 유리벽을 따라 늘어진 망사 커튼, 램프에 씌운 푸른색 갓.

"썩 좋은데요, 당신 노래 말예요…… 썩 좋아요, 물론 당장에 디스크를 제작하기는 좀 어렵겠지만……"

그는 그녀의 어깨에 손을 얹고 있었지만 그녀는 꼼짝도 하지 않았다. 섬세한 손가락들이었고 손톱엔 필시 매니큐어를 바른 게 분명했다.

"그렇지만 카바레 같은 데 나가서 노래를 부를 수도 있겠어요…… 두고봅시다, 내가 내일 알아보지요…… 약속해요, 당장 내일이라도……"

그는 그녀의 블라우스 단추를 풀었지만 그녀는 아무런 저항도 하지 않았다. 이제 그녀는 배를 깔고 엎드려 있었고 그는 스커트와 팬티를 끌어내린 다음 그녀의 엉덩이를 애무했다. 그녀는 너무나 정성스럽게 가꾼 그의 손가락들이 머릿속에 떠올라 욕지기가 났다. 소파 가장자리에 턱을 댄 채 그녀는 앞쪽을 물끄러미 바라보았다. 대로의 불빛들이 망사 커튼을 통해 흐릿하게 비쳐 들고 있었고, 가구나 물건들의 윤곽 또한 어렴풋했다. 밖에는 비가 내리고 있었다. 여기서는 적어도 비를 피할 수 있었다. 꼼짝 말고 가만있기만 하면 되는 것이었다. 그녀가 좋아했던 벨뤼의 표현처럼 무대로 녹아들기만 하면 되는 것이었다.

이자가 도움을 줄 수만 있다면 얼마나 좋을까…… 그에게서 화장수 냄새가 확 풍겼다. 그 냄새는 그녀의 기억 속에 지워지지 않고 남아서, 후일 그녀가 이 시절을 생각할 때면, 레코드 회사들을 찾아가서 기다리던 일, 러시아워의 지하철, 생 라자르 역의 휑한 대합실, 쏟아지는 비, 라디에이터 조절 밸브가 망가져 너무 덥기만 하던 그녀의 방 따위의 추억과 함께 되살아나곤 했다.

* * *

차고가 있는 거리는 양옆으로 가로수가 늘어서 있어서 어떤 성이나 숲의 기슭으로 인도하는 소로처럼 루이의 눈앞에 뻗어 있었다. 브자르디는 이 거리가 파리 시의 17구에 속하는지, 뇌이나 르발루아에 속하는지 아무도 모른다고 했다. 그리고 자기는 이런 식으로 불분명한 상태가 좋다고 했다.

루이는 포르트 빌리에 근처에 있는 식당에서 오딜과 같이 저녁을 먹었다. '마르티니크식으로'라는 간판이 붙어 있었다. 벽의 네모난 타일들 위에서는 종려수, 모래, 그리고 에메랄드빛 바다 풍경이 빛을 발하고 있었다. 루이는 아홉시경 일할 장소로 갔다.

그곳은 진짜 차고는 아니었고, 옆쪽에 주황색 건물이 한 채 서 있는 일종의 창고였다. 일층은 철문을 사이에 두고 헛간과 통해 있었다. 시멘트 계단을 통해 이층 방으로 올라가게 되어 있었는데 방은 좁지만 아주 깊숙했다. 벽에 세워놓은 여러 개의 유리장에는 서류가 가득 들어차 있었다. 방 한가운데에는 장관이나 쓸 것 같은 사무용 책상이 버티고 있었다. 루이는 대부분 비어 있는 책상 서랍들을 뒤져보다가 들레즈망 가 9-2번지, 파리 자동차 운송 주식회사의 헤드가 찍힌 편지지 몇 장과 "롤랑 드 브자르디, 파리 16구 알팡 대로 3번지, 전화 Klé-08-63번"이라고 찍힌 낡은 명함 몇 장을 찾아냈다. 두 개의 가죽 안락의자. 등받이 없는 긴 의자. 그리고 책상 위에는 전화기가, 둥근 받침대 위에 얹어놓은 검은색 구식 전화기가 있었다.

그가 맡은 일이란 어떤 것이었던가? 벨소리가 들릴 때마다 창고 문을 열어주는 일이었다. 문은 레일을 따라 쉽게 미끄러지도록 되어 있어 육체적으로 크게 힘든 일은 아니었다. 창고 안에 있던 자동차들 중 한 대가 밖으로 나가기도 했고 다른 한 대가 안으로 들어오기도 했다. 어떤 밤에는 아무도 찾아오는 사람이 없었다. 또 어떤 때에는 들고나고 하는 사람들이 아주 많았다. 항상 똑같은 얼굴들이었다. 수염이 텁수룩한 갈색 머리. 금발 두 사람. 그중 한 사람은 곱슬머리로 얼굴이 포동포동했다. 다른 사람들보다 나이가 많아 보이는 한 남자는 스포츠형 머리에다 쇠테 안경을 쓰고 있었다. 또다른 사람들도 있었지만 루이는 별로 주의해서 보지 않았다. 그는 그들이 통과하고 나면 문을 다시 닫았다. 사무실에서 그는 전화를 받았다. 여러 종류의 목소리들이—아마도 밤에 벨을 누르는 그 사람들의 것인 듯한—모일 모시에 이러이러한 자동차가 필요하다고 그에게 말하면 루이는 그 사항을 수첩에 적어놓았다가 그것을 브자르디에게 보여주었다.

처음에는 몹시 궁금한 생각이 들어서 그에게 이런저런 질문을 했다. 브자르디는 그에게, 그 일은 '귀빈용 자동차'를 빌려주는 회사 업무라고 설명하면서 그 회사의 다른 '업무'에 바빠서 자기는 직접 그 일에 신경쓸 틈이 없다고 했다. 루이는 미국제 대형차 말고도 정기적으로 온갖 종류의 메르세데스 벤츠들이 추가되고 있다는 것을 알아차렸다. 그것들은 창고에 갖다 세워놓기가 무섭게 사람들이 와서 찾아가곤 했다.

그러나 같은 일이 되풀이되자 그는 결국 아무런 의문도 품지 않게 되었다. 그것은 숙직원이 하는 일 같은 것이어서 아침까지 지키고 있지 않으면 안 되었다. 브자르디는 장 속에서 붉은색 가죽 표지로 제본한 두툼한 책들을 꺼내 보여주었다. 어떤 스포츠 잡지를 모은 것이었다. 루이는 그 잡지들을 뒤적거리다가 '6일 경기'나 속도 경기에 나갔던 아버지의 사진들을 찾아냈다. 브자르디는 그가 그 사진들을 오려낼 수 있도록 허락해주었다. 그래서 루이는 이 추억의 사진들을 붙여두기 위해 앨범을 한 권 샀다. 그리고 아버지와 관계된 것이면 아주 조그만 기사들까지도, 심지어는 아버지 이름이 들어 있는 선수 명단까지도 모두 오려서 연대순으로 붙여놓았다.

오딜은 그와 함께 긴 의자에서 밤을 지냈다. 그래서 전화벨이 울려도 받지 않는 일이 자주 있었다. 그녀는 샌드위치라든가 초콜릿 같은 먹을 것을 가져오곤 했다. 그들은 미래를 위한 설계도 했다. 만약 그녀가 마침내 디스크를 취입하게 되거나 어떤 카바레에 취직이 된다면, 그때 가서는 루이가 여기서 일을 하지 않아도 될 것이었다. 그러나 당장은 숙직원으로 일해서 그가 받는 급료가 두 사람의 유일한 재원이었다.

루이는 혼자 있을 때면 사진들과 기사들을 오려내 앨범에 붙이고 붉은색 볼펜으로 날짜를 적어넣었다. 그는 그의 어머니와 아버지가 자동차 사고로 사망한 해의 신문들은 애써 뒤적이지 않았다. 그러나 자기가 태어난 주에 발간된 신문은 즉시 찾아보고 싶어했다. 그날 저녁 '벨 디브'에서는 요란스러운 경적 소리 후, 오늘 출전한 선수들 중 한 사람인 메믈링이 이제 막 한 아들의 아버지가 되었으니 새로 태어난 아기의 이름으로 3만 프랑의 보너스 상금을 내놓는다는 안내 방송이 스피커를 통해 흘러나왔다.

* * *

오딜은 캅카스 사람들의 단도 쇼와 새소리 흉내 쇼 사이에 간신히 순서를 얻게 되었다. 비에티—손톱에 매니큐어를 바른 그 사내—가 첫날 저녁 공연을 보러 그곳에 와 있었다. 그는 오퇴유에 있는 이 식당 겸 카바레의 지배인에게 그녀에 대한 이야기를 하고 난 다음 새벽 한시경에야 포르트 샹프레 근처 집으로 그녀를 데려다주면서, 곧 레코드를 취입해줄 생각이지만 '시운전'을 좀 해볼 필요가 있다고 말했다.

무대 위에서 그녀는 넓은 새틴 스커트에 까만 흑옥을 박아넣은 짧은 볼레로 재킷을 입고 있었다. 지배인이 빌려준 의상이었다.

브로시에가 브자르디에게 오딜 이야기를 한 모양이었다. 브자르디가 어느 날 아침 차고에서 루이에게 그의 '약혼녀'에 대한 질문을 했기 때문이다. 그리하여 그는 오딜이 어떤 카바레에서 노래를 한다는 사실을 알게 되자 재미있어하면서 무슨 일이 있어도 꼭 가서 들어야겠다고 했다. 그는 자기와 브로시에와 루이, 세 사람 자리의 테이블을 예약했다.

브자르디는 옛날 그 업소에 와본 적이 있어서 알고 있었다. 그의 말로는 실내장식이 하나도 변하지 않았다고 했다. 옛날이나 다름없이 어두운색 벨벳을 댄 벽이 그렇고, 벽마다 18세기 취향의 그림을 걸어놓은 것도 똑같다는 것이었다. 초상화거나 에로틱한 그림들이었다.

"어느 날 저녁 자네가 엘렌하고 자네 어머니하고 같이 나를 이곳에 데려온 적이 있었지……" 하고 브로시에가 말했다.

"그래? 우린 오히려 알팡 대로 시절에 이 집을 자주 다녔던 걸로 아는데……"

"그게 아니라구…… 엘렌하고 자네 어머니하고 같이 왔었어…… 내가 당신 나이쯤 됐을 때였죠, 루이……"

루이는 그들의 말에 귀를 기울이지 않았다. 그는 오딜이 무대에 나타나기만을 초조히 기다리고 있었다. 그날 저녁까지 그녀는 그가 와서 보면 떨려서 노래를 못한다면서 루이를 오지 못하게 했다. 그러나 루이는 오늘밤에는 하는 수 없이 '왕초들'을 모시고 갈 수밖에 없는 형편이라고 설명했다.

"옛날 같은 손님들이 아닌걸" 하고 브자르디가 주위를 냉랭한 시선으로 둘러보면서 말했다.

그는 메뉴판을 들여다보았다. 블리니*와 캐비어. 뒤 크뤼그**. 요리를 기다리며 집어먹을 수 있는 러시아식 파이 피로시키. 그는 브로시에나 루이의 의견은 물어보지 않았다. 굽슬굽슬한 검은 머리, 벗어진 이마, 꼿꼿한 상체, 그에게서는 느긋한 권위가 배어나오고 있었다.

"아냐…… 이젠 옛날 같은 손님들이 전혀 아냐……"

그들과 가장 가까운 테이블에서는 인도네시아 사람들이 식사 전 의례적으로 하는 몸짓으로 고개를 끄덕끄덕하고 있었다.

"이 집에서는 그래, 약혼녀한테 월급은 많이 주나요?" 하고 브자르디가 물었다.

---

* 종교의식이나 축제 때 내놓는 러시아식 크레이프.

** 샴페인의 일종.

"그럴 거예요."

루이는 음식은 전혀 넘기지 못한 채 샴페인 잔만 초조하게 비우고 있었다.

"이것 봐요…… 좀 먹어야지" 하며 브자르디가 그에게 블리니를 한 개 놓아주었다.

"루이는 약혼녀 때문에 잔뜩 긴장해 있다구" 하고 브로시에가 말했다.

"걱정 마요, 분명 멋지게 부를 테니……"

캅카스 춤꾼들이 단속적인 음악 소리에 맞추어 인사를 하고 나니 불이 흐려졌다. 무대 중앙을 비추는 희미한 푸른빛 스포트라이트 하나만이 남아 있을 뿐이었다. 침묵. 바이올린 하나. 그녀가 창백한 푸른빛 스포트라이트 속으로 나타났다. 짧은 볼레로 재킷과 긴 새틴 드레스 때문에 몸이 약간 뻣뻣해 보였다.

"약혼녀죠?" 하고 브자르디가 물었다.

"네, 네……"

그녀가 노래를 불렀다. 루이는 그 노래를 다 외우고 있었다. 그녀가 가사를 잊어버리지나 않을지, 아니면 갑자기 노래를 뚝 그쳐버리지나 않을지 겁이 났다. 그는 손톱을 손바닥에 꽉 누른 채 두 눈을 감았다. 그러나 그녀의 목소리는 여전히 맑았다. 오딜은 주눅든 것처럼 보이지 않았다. 오히려 뻣뻣함이 매력이었다. 마지막에 옛날에 유행하던 노래 〈거리의 상송〉을 부를 때는 특히 더 그랬다.

어떤 이는 슬픔을 말하고
꿈을 말하고, 서운한 사랑을 말하고
가고 오지 않는 세월이 남기는
회한을 말하고

그녀는 어색하게 상체를 숙여 인사를 했다. 인도네시아 사람들의 시답잖은 몇 번의 박수 소리는 브자르디가 "브라보! 브라보!" 하고 외치는 소리에 묻혀버렸다. 브로시에는 손을 흔들어 그녀에게 그들의 테이블로 오라는 신호를 했다. 그녀는 루이의 옆자리에 와 앉았다.

"드 브자르디 씨께 인사해" 하고 루이가 그녀에게 말했다. "장 클로드 브로시에는 이미 알고 있고……"

브자르디가 어깨를 으쓱했다.

"그냥 롤랑이라고 불러줘요."

그는 몸을 숙이고서 오딜의 손에 키스를 했다. 그 행동에 조롱기가 섞여 있는지 어떤지는 알 수 없었다.

"나는 아주 좋게 들었어요. 특히 〈거리의 상송〉을요."

흉내꾼이 무대에 나오더니 여러 가지 새소리를 흉내냈다. 바이브레이션도 하고 비둘기가 속삭이는 소리도 냈다. 그러자 인도네시아 사람들 쪽에서 좋아서 어쩔 줄 몰라했다. 그때까지 무표정하게만 앉아 있던 그들은 터져나오는 폭소를 참지 못했다. 그들의 폭소가 브로시에에게 전염되었다.

"미안해요……"

"나는 아주 좋게 들었어요" 하고 브자르디가 다시 말했다. "아주 멋진 성공을 거둘 걸로 확신해요."

"나두요…… 나두 그렇게 생각해요" 하고 웃느라고 눈물까지 흘리면서 브로시에가 말했다.

새소리를 흉내내는 휘파람 소리가 점점 더 날카롭고 요란스러워졌다. 이번에는 루이도 웃었다. 그리고 오딜 역시, 신경질적인 웃음소리를 내며 웃었다. 그때 흉내꾼이 마치 이마 한복판에 총알이라도 맞은 듯 벌러덩 자빠지더니 두 팔을 쫙 펼친 채 땅바닥에 누워 계속 올빼미 소리를 내질렀다. 그러더니 벌떡 일어나 무대 뒤로 사라졌다.

"샴페인을 좀 마시지요" 하고 브자르디가 오딜에게 권했다. "그러고 나서 우리를 위해 또 한 번 〈거리의 상송〉을 불러주면 좋겠어요……"

그녀는 루이의 잔을 들어 마셨다. 브자르디는 샴페인을 한 병

더 시켰다.

"이 업소에서 오랫동안 일할 생각인가요?"

"아뇨, 오래는 안 있을 거예요" 하고 오딜이 수줍게 대답했다.

"디스크를 취입할 거거든요" 하고 루이가 말했다. "오딜은 자기 노래 길들이는 셈 치고 여기서 일하는 거예요."

오딜은 무언가 묻고 있는 듯한 시선으로 그를 바라보았다. 브로시에, 브자르디와 언제까지 이렇게 앉아 있어야 하는 거야? 루이가 대답 대신 그녀에게 눈을 끔뻑해 보였다. 그녀는 미소를 지었다.

"이 술집 주인은 나도 아는 사람이었는데 이제는 같은 사람이 아니겠지" 하고 브자르디가 말했다. "자네도 알잖아, 장클로드…… 항상 승마 바지를 입고 다니던 그 친구 말야……"

"지금 주인은 승마 바지를 입고 다니지 않아요" 하고 오딜이 말했다.

루이는 오딜에게 샴페인을 한 잔 더 부어주고 나서, 그녀가 아직 저녁식사를 하지 않은 상태라는 것을 알기에 말했다.

"뭘 좀 먹어야지…… 배고플 텐데."

"물론 그래야죠" 하고 브자르디가 말했다. "블리니를 좀 들도록 해요."

그는 지배인을 불렀다.

"하지만 먼저 당신을 위해 건배를 하지요" 하고 브로시에가 오딜에게 말했다.

"탁월한 재능을 지닌 여가수의 건강을 위해서" 하고 브자르디가 말했다.

그들 두 사람은 다 함께 잔을 들었다. 오딜은 마치 동물원에서 처음 보는 신기한 동물 두 마리가 뛰노는 모습을 구경하듯이 반은 호기심, 반은 재미로 그들을 물끄러미 바라보고 있었다. 그녀는 루이를 발로 툭 건드렸다.

"맞아, 장클로드, 이제 생각났어" 하고 브자르디가 갑자기 말했다. "엘렌과 어머니와 같이 이 집에 오곤 했었어……"

* * *

새벽 두시경 브자르디는 마지막으로 한 잔 더 하자면서 그들을 자기 집으로 초대했다. 그곳까지 가는 동안 오딜은 루이의 어깨에 머리를 기댄 채 잠을 잤다.

루이가 전에 처음으로 찾아가본 적이 있었던 그 거실로 들어서자 브자르디는 모든 등불을 다 켰다. 천장에 달린 샹들리에 불빛이 너무 밝아서 눈이 부셨다. 브자르디는 아페리티프용 술병을 차려놓은 바퀴 달린 탁자를 그들 쪽으로 밀고 왔다. 루이와 오딜은 술은 더이상 못하겠다고 정중하게 사양했다. 브로시에와 브자르디는 각기 샤르트뢰즈를 조금씩 따랐다.

“이건 정말이지 아주 상쾌해” 하고 브로시에가 한 모금 삼키고 나서 말했다. “꼭 초록색 속에 흠뻑 빠져드는 기분이거든…… 루이, 당신들도 이 속에 빠져보라고……”

“진짜 시인이죠, 안 그래요?” 하고 브자르디가 루이와 오딜 쪽으로 고개를 돌리며 말했다. “두 사람은 상당히 피곤해 보이는군요. 여기서 자도 돼요. 손님용 방이 있으니까…… 아니 정말이에요, 어려워할 것 없어요. 오늘은 휴가예요.”

그가 자리에서 일어났다.

“와요, 안내해드릴 테니…… 그동안 우리는 밀렸던 일이나 좀 해야겠어요. 서류 뭉치를 가져왔거든요.”

“그거 좋지, 롤랑” 하고 브로시에가 말했다.

그들이 마치 하룻밤 자고 이제 막 일어난 사람처럼 산뜻하고 생기발랄한 눈빛을 하고 있어서 루이는 놀랐다.

방은 거실에 바로 붙어 있었다. 연푸른색 벽, 두꺼운 양탄자, 모피가 덮인 침대, 침대맡의 은은한 램프 불빛이 부드러운 분위기를 퍼뜨리며 잠을 유혹하고 있었다.

“여기가 욕실이고요……”

브자르디가 문을 열고 불을 켜자 바닥과 벽이 하늘색 모자이

크로 장식된 욕실이 나타났다.

"잘 자요. 이렇게 해서 루이는 마침내 밤에 잠을 자보게 되었군요…… 내일 오후 한시 정각에 '푸앵테르'에서 만나죠."

그곳은 차고에서 가까운 식당으로 브자르디는 거기서 자주 식사를 했다.

그가 방에서 나가자 그들은 모피가 덮인 침대에 누웠다. 오딜은 옷을 벗을 기운조차 없어서 루이가 그녀의 신을, 그리고 나머지를 모두 벗겨주었다. 앞쪽에 있는 큼직한 거울이 그들을 비춰주고 있었다.

"당신 친구들은 아직도 일을 한대?" 하고 오딜이 물었다.

"응."

"무슨 일을?"

"잘 모르겠어" 하고 루이가 말했다.

브로시에와 브자르디가 거실에서 주고받는 말소리가 그들에게 들려왔다. 나중에 루이가 잠을 깼을 때도 그들의 말소리는 여전히 들렸다. 그리고 또다른 사람들의 목소리까지 그들의 목소리에 한데 어울렸다. 루이는 도무지 끝날 것 같지 않은 그 두런거리는 말소리를 자장가처럼 듣고 있었다.

오딜은 자고 있었다. 커튼을 치지 않은 채 놓아둔 창문을 통해 센 강이 내다보였고, 건너편 강둑으로 시트로앵 자동차 공장의 밝은색 건물이 보였다.

* * *

브자르디는 토요일과 일요일에는 루이를 쉬게 해주었다. 브로시에 역시 주말에는 휴가를 받았으므로 루이에게 함께 '휴식 시간'을 갖자고 제안했다. 그는 루이와 오딜에게 자신의 약혼녀를 소개해주고 싶다고 했다. 브로시에와 친한 사이가 되고 나면 루이는 아마도 그를 통해서, 무슨 이유로 브자르디가 자신에게 그런 일자리를 주게 되었는지, 그리고 도대체 그 롤랑 드 브자르디는 어떤 인물인지 알 수 있게 될 것도 같았다.

루이는 바로 전날 월급을 받은 터였고, 오딜에게 같이 가자고 졸라 마침내 동의를 얻었다. 그녀는 오퇴유의 카바레 겸 식당인 그 업소로 열시경까지는 가야 한다고 했다. 브로시에가 왜 정오 좀 지나서 시테 위니베르시테르 역에서 만나자고 했는지는 그녀도 루이도 알 수 없었다.

무려 1,500프랑이나 되는 돈이 들어 있어서 루이의 재킷 주머니는 불룩했다. 그리고 오딜은 그날 저녁 공연이 끝나면 출연료를 받기로 되어 있었다. 그들에게는 돈이 넉넉했고, 때는 해가 잘 비치는 초겨울날이었다. 소sceaux행 지하철에 올라타자 그들은 멀리 여행을 떠나는 것 같은 기분이 되었다.

브로시에가 지하철역 안에서 그들을 기다리고 있었다. 마치 어떤 휴양지에 도착하여 역으로 마중 나온 친구의 영접이라도 받는 기분이었다. 더군다나 브로시에가 다가오면서 "가방은 없어요?" 하고 묻는 어조 또한 그런 어조인지라, 루이는 어리둥절해져서 자기들이 아직 파리 시내에 있는 것인지 아니면 어느 바닷가에 온 것인지 분간을 할 수 없을 지경이었다.

브로시에의 옷차림 자체가 벌써 그들을 당황스럽게 했다. 불그레한 깃털을 꽂은 티롤 모자도 안 썼고 사업 때문에 출장 다니는 사람 특유의 후줄근한 회색 양복 차림도 아니었으며 검은색 구두에 검은색 양말을 신은 것도 아니었다. 흰색 스웨터에 그림이 찍혀 있는 셔츠를 받쳐 입고 면바지에 농구화를 신은 아주 수수한 차림새였는데 브로시에는 그걸 자랑스럽게 여기는 눈치였다. 그는 면도도 하지 않았고 머리도 애써 매만지지 않았다. 루이와 오딜은 이렇게 완전히 달라진 그를 음미하듯이 쳐다보았다. 그는 그들을 지하철역 출구 계단 쪽으로 안내했다.

"이쪽으로들……"

그들은 큰길을 건너 브로시에가 이끄는 대로 시테 위니베르시테르, 즉 국제 학생 기숙사촌 안으로 들어갔다.

"여기가 바로 내가 주말을 보내는 곳이지요" 하고 브로시에가 미소를 지으면서 말했다. "이리들 오라고요…… 이쪽으로……"

그들은 잔디밭 사이로 난 왼쪽 길로 들어섰고 어떤 우람한 건물의 문턱을 넘어 복도를 따라갔다. 한 무리의 학생들이 복도를 지나갔다.

"약혼녀가 카페테리아에서 기다리고 있어요. 이쪽으로……"

이목구비가 반듯하고 아주 미인인 에티오피아 흑인 여자 하나가 안쪽 테이블에 앉아 있었다. 브로시에가 그녀에게 다가갔다.

"내 약혼녀 자클린이에요. 이쪽은 오딜, 그리고 루이……"

"자클린 부아뱅이라고 해요."

여자는 자리에서 일어나 악수를 했다. 그녀는 약간 주눅이 든 듯했다. 스무 살쯤 되어 보였고 회색 주름치마에 베이지색 카디건과 스웨터를 갖춰 입고 있었다. 그런 단정한 옷은 브로시에의 스포티한 차림새와는 대조적이었다. 브로시에는 그들에게 앉으라고 권했다.

"팡바냐*를 한번 맛보면 좋을 것 같아요. 이 집 것은 아주 그만이거든요. 안 그래, 자클린?"

그녀는 거의 눈에 띄지 않을 만큼 고개를 끄덕이며 동의했다.

루이와 오딜은 아무 말 없이 앉아 있었고 브로시에는 바 쪽으

* 작은 빵 속에 참치, 올리브, 양상추 등을 넣은 니스식 샌드위치.

로 걸어갔다. 두 사람은 브로시에의 약혼녀에게 미소만 지을 뿐 말을 걸 엄두를 내지 못했다. 루이가 담뱃갑을 내밀며 권하자 그녀는 가벼운 손짓으로 사양했다. 브로시에가 팡바냐를 가득 담은 접시를 들고 돌아와 그들 각자에게 나누어주었다.

"맛이 기가 막히죠, 안 그래요? 구미를 돋우게 아리사 소스를 좀 쳤으면 싶은가요? 나는 안 치고 먹는 게 낫지만……"

그는 빵을 한입 먹고 나서 말하고 다시 크게 한입 베어물었다.

"매주 여기서 주말을 보내시는군요?" 하고 루이가 물었다.

"맞아요, 자클린은 학생 처지인지라 기숙사에서 살아야 하고 나는……"

그가 재킷 주머니를 뒤적거리더니 카드를 한 장 꺼내 루이에게 내밀었다.

"이거 봐요. 나도 학생증을 하나 만들었어요. 여기 기숙사촌 구내식당에서 식사를 하려면 필요하거든요. 여길 편하게 느끼는 데도 필요하고……"

루이는 학생증에 눈길을 던졌다. 분명 브로시에의 이름이 적힌 학생증으로 그의 사진도 붙어 있었고 문과대학 소속으로 되어 있었다. 이번에는 오딜이 그 학생증을 살펴보았다.

"그럼 여기서 잠도 자는 건가요?" 그녀가 거침없이 물었다.

"주말에는 언제나."

그는 이 같은 사실을 공개하고 나니 기분이 좋다는 듯 자기 약혼녀의 어깨를 팔로 감싸안았다.

오딜이 학생증을 돌려주자 이번에는 브로시에가 그걸 들여다보았다. 학생증이 플라스틱 케이스에 들어 있는데도 그는 그것을 아주 조심조심 다루었다.

"나이를 좀 줄였죠, 그저 한 십 년……"

"올해는 무슨 시험을 치러야 하나요?" 하고 오딜이 물었다.

"일반 문학 과목 시험이죠…… 그걸 정확하게 뭐라고 하지, 자클린?"

"교양과정……" 하고 자클린이 기어들어가는 목소리로 말했다.

그가 약혼녀를 바싹 끌어당겼고 그녀는 그의 어깨에 머리를 기댔다.

"그런데 그 학생증은 어떻게 구했죠?" 하고 루이가 물었다.

"브자르디가 아는 사람을 통해서 구했어요. 전쟁 때 위조서류 만들던 어떤 폴란드 사람이……"

마치 무슨 큰 결점이라도 공개하는 듯한, 그리고 진짜 대학생이 못 되어서 아주 유감이라는 듯한 말투였다.

"자클린은 수학과 학생이에요. 이과대학에서 강의를 받고 있어요……"

"어디서 저이를 알게 되었어요?" 하고 오딜이 자클린에게 물었다.

"여기, 카페테리아에서요……"

그녀는 부드럽고 느린 목소리로 대답했다.

"카페테리아에 항상 혼자 와 있는 걸 봤어요. 따분해하는 눈치였어요. 그래서 서로 말을 하게 되었지요……"

"그래요, 난 아주 오래전부터 여길 찾아오곤 했어요" 하고 브로시에가 말했다. "특히 기분이 울적할 때…… 난 언제나 이곳 기숙사촌이 좋았어요. 별세계거든요. 이곳에 있는 건물이란 건물의 홀은 다 가봤어요, 텔레비전 보는 방 같은 곳에 말예요…… 여긴 묘한 매력이 있거든요……"

그가 말을 하는 동안 루이는 그를 전혀 다른 각도에서 새로이 발견하게 되었다. 약장수처럼 헛소리나 감언이설 따위를 늘어놓는 이 사내, 오딜에게는 자기가 '타이어 업자'라고 소개한 이 사내가 한가한 시간이면 국제 학생 기숙사촌의 그늘진 곳에 와서 가짜 학생증을 주머니에 넣은 채 에티오피아 출신 여대생과 팔짱을 끼고 다니리라고 어찌 상상할 수 있었겠는가?

"브자르디도 알고 있나요?" 하고 루이가 물었다.

"아뇨, 아직은 몰라요. 하지만 그에게도 이야기할 생각이에요. 그런데 사실 롤랑은 웬만한 일로는 놀라지 않아요. 그 친구도 언제 저녁에 여기로 초대할 생각이에요. 그 친구한테도 자클린을 소개해야 하니까……"

그들은 카페테리아 밖으로 나갔다. 브로시에는 그들에게 기숙사촌 곳곳을 구경시키면서 마치 자기 왕국의 여러 지방이라도 되는 듯이 건물 하나하나의 이름을 가르쳐주고 싶어했다.

"조금 전에 들어갔던 건물은 프랑스 지방관, 가장 중요한 건물이에요. 나는 영국관이 제일 좋아요. 바로 저 앞에 있는 건물인데 엑스 레 뱅에 있는 어떤 호텔을 연상시키거든요. 자클린을 알기 전엔 저녁마다 영국관에 가서 신문을 읽곤 했지요……"

그들이 걸어가며 구경을 계속하는 동안 브로시에는 자클린의 팔을 붙잡고 점점 더 구변 좋게 떠벌리고 있었다. 그는 여름철이면 넓은 잔디밭에 늦게까지 나와 앉아 어둠 속에서 들리는 목소리와 웃음소리에 귀를 기울이곤 한다고 했다. 또 6월이 되면 기숙사 축제가 있으며 프랑스 지방관 홀에서는 댄스파티가 열린다고도 했다.

"봄철부터 여기가 얼마나 신명나는 곳이 되는지 두고보면 알 거예요……"

그는 정면이 유리와 금속으로 된 건물을 그들에게 가리켰다.

"쿠바관이죠, 쿠바 사람들은 아주 멋있는 친구들이에요. 기숙사에 즐거움과 활기를 불어넣는 데 아주 그만이죠. 그런데 두 사람은 학생이 되고 싶은 맘 없어요?"

"당신 같은 학생요?" 하고 오딜이 웃음을 터뜨리며 말했다.

학생이라. 루이나 오딜의 머릿속에 한 번도 떠오른 적 없는 생각이었다. 그들이 어떻게 대학생이 되겠는가?

"원한다면 학생증을 만들어줄게요."

"약속 꼭 지키는 거죠?" 하고 오딜이 물었다. "난 대학생이 돼 보고 싶어요……"

그녀에게나 루이에게나 그 세 음절 단어는 신비스럽게만 들렸다. 그리고 '대학생'인 사람들 역시 그들에게는 아마존 강 유역의 부족 못지않게 불가사의하고 먼 존재로 느껴졌다.

"그럼 여기는 대학생만 살아요?" 하고 오딜이 물었다.

"그렇죠."

일단의 젊은 남녀들이 잔디밭으로 흩어지더니 그중 몇은 네트도 없이 즉흥적인 배구 시합을 벌였다. 그들은 루이가 알아듣지 못할 언어로 서로 말을 주고받았다.

"유고슬라비아 사람들이에요" 하고 브로시에가 말했다.

그는 그들에게 대로변에 있는 커다란 카페 '바벨'을 소개시켜 주고 싶어했다. 그의 말에 의하면 기숙사촌의 분점이나 마찬가지라고 했다. 6월 저녁이면 거기 가서 한잔하면서 나뭇잎들이 바람에 술렁거리는 소리를 듣는 맛이 썩 좋다고. 그리고 그들은 기숙사촌 건너편에 있는 몽수리 공원을 산책했다.

"저기, 잔디밭에 있는 건물 보이죠?" 하고 브로시에가 말했다. "튀니지 총독궁을 본떠 지은 거예요."

그들은 '샬레 뒤 라크'의 테라스에 가 앉았다.

"자, 이만하면 우리 왕국의 전모를 대략 알게 되었겠지요."

그러고 나서 브로시에는 만약 그럴 수만 있다면 오직 이곳에서만 살았으면 좋겠다, 이 매력적인 구역 밖으로 나가고 싶은 마음은 조금도 없고 오직 이곳에서만 살았으면 좋겠다고 오딜과 루이에게 털어놓았다. 그의 약혼녀 자클린은 기숙사촌과 이과대학 이외에는 파리에 대해 아는 것이 아무것도 없었다.

그리고 그렇게 지내는 편이 훨씬 좋았다.

"안 그래, 자클린?"

그녀는 미소를 짓거나 석류 주스를 한 모금 마시기만 할 뿐 아무 대답도 하지 않았다.

그들은 기숙사촌의 구내식당에서 아주 일찌감치 저녁식사를 했다. 브로시에는 그 식당의 규모라든가 나무 벽 같은 것이 영국 어느 고성의 리셉션홀을 연상시킨다고 했다. 그는 다음번에는 또다른 구내식당에서 식사를 하자고 했다. 훨씬 더 현대식이고 큰 유리문들이 나 있는 식당인데, 주변에 나무들이 우거져서 온통 초목의 숲속에 잠겨 있는 기분이 된다는 것이었다.

"그럼 이제 두 사람을 우리집으로 안내하겠어요" 하고 브로시에가 말했다.

자갈 깔린 소로를 따라가자 그 끝에 기숙사촌 하나가 나타났다. 방갈로나 초가집 같은 인상을 주는 작은 집들이 우거진 수목 사이사이로 난 잔디밭들을 따라 여기저기 흩어져 있었다.

"이 안에서도 가장 쾌적한 곳이죠……" 하고 브로시에가 말했다. "도이치 드 라 뫼르트 구역이에요……"

그들은 지붕면이 경사진 앵글로노르만 양식 가옥들 중 한 집 앞에 다다랐다. 집의 한 귀퉁이에 녹색 나무 난간이 달린 층계가 나 있었다.

"맨 꼭대기 층이에요."

방은 널찍했고 발코니까지 딸려 있었다. 침대 옆 벽에는 자클린의 사진들이 잔뜩 붙어 있었다. 등나무 의자 하나 이외에는 아무런 가구도 없었다.

"침대에들 앉아요" 하고 브로시에가 말했다.

자클린은 방 옆에 붙은 화장실로 들어갔는데, 다시 나왔을 때는 붉은색 목욕가운만 몸에 두르고 있었다.

"실례할게요. 이러고 있는 게 더 편해서……"

그러고는 아주 유연한 동작으로 침대 위 그들 옆자리로 와 앉았다.

브로시에가 각자에게 물컵을 건네주고 위스키를 조금씩 따랐다. 자클린이 전축에 디스크를 걸었다. 자메이카 노래. 그들은 말이 없었다. 브로시에가 또다시 그들에게 위스키를 부어주었다. 그는 스웨터를 벗었고 루이는 그의 셔츠에 찍힌 그림들을 바라보았다. 불그레한 하늘을 배경으로 중국 정크선의 돛이 뚜렷이 보였고 지평선 끝 가파른 산꼭대기에는 중국식 정자가 세워져 있었다.

"좀 있다가" 하고 브로시에가 말했다. "오딜이 〈거리의 상송〉을 불러줄 거야."

"원하신다면……"

루이는 오딜, 자클린, 브로시에 모두가 느끼고 있는 완연한 나른함이 자신에게로 스며들도록 몸을 내맡겼다. 오딜은 루이의 허리를 팔로 안은 채 그의 가슴에 턱을 기대고 있었다. 그녀는 두 눈을 감고 음악에 귀를 기울였다. 브로시에는 벌어진 가운 틈으로 가슴을 드러낸 채 비스듬히 누워 있는 자클린의 어깨를 애무했다.

이 아늑하고 나른한 상태에 몸을 내맡긴 채 머무를 수 없다는 것이 유감이었다. 열시였다. 오딜이 일터에 너무 늦게 도착할 위험이 있었다.

그들은 서운한 심정으로 방을 나섰다. 다음 주말에도 기숙사에서 같이 지내기로 약속을 했다. 내일 일요일에 다시 와도 되지 않아요?

밖에 나서자 그들은 고개를 들어 위를 보았다. 자클린과 브로시에가 발코니에서 몸을 구부리고 그들에게 미소를 짓고 있었다. 주위는 고요하기만 했다. 이끼 냄새, 그들은 다른 건물들에서 흘러나오는 불빛을 따라 걸어나왔다. 어느 쪽으로 가야 주르당 대로와 역이 나오는 것일까? 이곳 기숙사촌 한복판에서는 파리가 너무나 먼 곳인 것만 같았다…… 그처럼 어둑어둑한 곳에 있으니 루이는 자신이 꼭 어떤 숲속의 빈터를 지나고 있는 듯한 느낌이 들었다.

* * *

오딜이 무대 뒤 골방에서 화장을 지우고 있는데 비에티가 식당 지배인과 함께 그녀를 찾아왔다. 그들 두 사람은 분장실들이 주위로 배열되어 있는 큰 방의 소파에 앉아서 그녀를 기다렸다.

"여기 이거…… 출연 계약이 끝나게 [illegible]"라고 비에티가 말했다.

"언제요?"

"오늘 저녁에."

그녀는 그들에게 억지 미소를 지어 보였다.

"네, 맞아요" 하고 식당 지배인이 말했다. "이걸로 그만 헤어질 수밖에 없게 되었네요……"

오딜의 얼굴에서 미소가 사라졌다.

"당신 노래에 불만이 있는 건 아녜요. 하지만 공연 시간을 줄일 수밖에 없는 형편이 돼놔서……"

"걱정할 것 없어" 하고 비에티가 말했다.

"그럼요, 곧 또다른 계약을 맺게 될 거예요……"

그들 중 누구도 그 말을 진심으로 믿는 것 같지는 않았다.

"하여간 그동안의 공연은 아주 좋았어요. 나로서는 대만족이었어요. 다만 공연의 방향을 바꿀 수밖에 없는 형편이라…… 이해하겠죠?"

눈물이 솟구쳐오르는 것을 느끼자 오딜은 그만 골방으로 들어가 문을 닫았다. 두 남자는 자기들끼리 계속해서 이야기를 하고 있었다. 그녀는 전등을 켜지 않은 채 서서 문에 이마를 기댔다. 지배인의 웃음소리가 나직하게 들렸다. 그녀는 어둠 속에 가만히 서 있었다.

"그 안에서 뭘 하고 있는 거야?" 하고 비에티가 말했다.

"같이 한잔하지 않겠어요?" 하고 지배인이 제안했다.

그녀는 아무 대답도 하지 않았다. 누군가가 문의 손잡이를 돌려 열려고 했지만 그녀가 이미 잠가놓은 터였다.

“자, 이거…… 받을 건 받아야지요. 출연료 잔액입니다.”

문 밑의 틈으로 봉투를 밀어넣는 소리가 났다.

* * *

비에티는 차를 출발시키기 전에 라디오를 켰다. 재즈곡이 흘러나오자 그가 볼륨을 나직하게 조절했다.

“그 골방 속에 틀어박혀 밤새도록 안 나오고 있을 작정이었어? 바보 같으니라고……”

그가 어깨를 으쓱하며 말했다.

“사무실에 잠깐 들러야 해. 잊어버린 게 있어서…… 같이 가겠어?”

오딜은 대답하지 않았다. 손을 주머니 속에 넣은 채 손안에 봉투를 꼭 쥐고 있었다. 비에티가 보는 앞에서 그 봉투를 열어볼 순 없었다. 그녀는 이제 더이상 노래를 부르지 못할 것 같았다. 그리하여 그토록 오래전부터 키워온 꿈은 산산이 부서져버리고 기껏 식당 지배인이 말했듯이 ‘출연료 잔액’이 담긴 봉투 하나만이 남게 될 참이었다.

“화가 나셨나?”

그는 약간 기분이 상한 어조로 말하고는 액셀을 콱 밟았다. 새

벽 한시가 다 된 시간이었다. 그는 점점 더 빠른 속도로 쉬세 대로를 따라 달리다가 이윽고 인적이 없는 란 대로로 접어들었다.

"안심이 안 된다, 이거지?"

'마음대로 달려보라지, 그런 일로 떨지는 않으니까.'

"빨간불들을 막 지나치면서 달려보지그래요."

"바보 같은 소리 마."

그리고 그는 부릉 소리를 내면서 포르트 마요 터널 속으로 들어갔다. 그는 이탈리아제인 그 스포츠카를 너무나 마음에 들어 했다. 어느 날 저녁에는 알레마노 사에서 제작한 이런 자동차를 소유한 사람은 파리 전체에서 네 사람밖에 없다는 말까지 했다.

그의 화장수 냄새가 다른 때보다도 더 역하게 느껴졌지만 그것 역시 전혀 중요한 일이 못 되었다. 오히려 혐오감을 불러일으키는 그 인물의 구석구석을 골고루 관찰하는 것에서 그녀는 어떤 쾌감마저 느꼈다. 스키장에서 막 돌아왔으면서도 어쩐지 인공적인 느낌을 주는 구릿빛 피부. 넥타이핀과 조끼, 그 조끼 주머니에 넣고 다니면서 끊임없이 꺼내 보는 회중시계 등 옷매무새에 대단히 신경을 쓰는 태도. 그리고 끈적끈적하면서 약간 쉰 목소리.

"계속 뾰로통해 있을 거야? 화 잘 내는 계집애들 나 별로 안 좋아한다고……"

평소에는 이렇게 가까운 사이인 척 굴지 않았었다. 취입시켜

준다던 디스크 이야기는 더이상 한마디도 없었다. 애초부터 디스크 취입이 가능하다고 생각한 것이 아니었다. 이제는 그녀도 그 사실을 깨달을 수 있었다. 그는 라디오 볼륨을 높이더니 박자에 맞추어 고개를 끄덕거렸다.

"돈이 좀 필요해요" 하고 그녀가 갑자기 말했다.

"돈? 농담하는 거야?"

"2,000프랑이 필요해요…… 나한테 그 돈을 줬으면 해요."

그녀 자신도 그토록 대담한 스스로의 태도에 놀랐다. 그러나 갑자기 더이상 그 어떤 사람도 무서울 것이 없을 것만 같은, 소심함이라든가 거리낌이라든가 하는 것들이 다 녹아 없어져버려서 무슨 짓이든 다 할 수 있을 것만 같은 느낌이 들었다.

"정말로 2,000프랑이 필요하단 말이에요, 당장."

"두고보자고…… 우선 내 말을 잘 들어야 해……"

* * *

그녀는 비에티의 뒤에서 걸어가고 있었다. 그녀가 루이와 함께 안락의자에 앉아 기다리고 있던 그 첫날과 마찬가지로 네온 불빛 때문에 눈이 부셨다. 그때와 마찬가지로 오랫동안 환기를 시키지 않은 채 닫아둔 방 특유의 냄새가 났다.

비에티는 가죽 쿠션을 대어 방음장치를 한 문을 열쇠로 열고 들어가 자기 책상에 앉았다. 오딜은 창문가에 가서 몸을 기댔다. 거리에는 인적이 없었고 전에 루이가 그녀를 기다리곤 했던 맞은편 큰 카페에는 아직도 불이 환했다. 그녀는 '카페 데 스포르' 라고 쓰인 네온사인 간판을 물끄러미 바라보았다. 그녀는 그 방에서 나가고만 싶었다. 카페로 가 당장 그가 있는 곳으로 가겠다고 루이에게 전화를 걸고 싶었다.

"자, 그럼 이제 문제의 돈을 벌어야지. 2,000프랑이라면 큰돈이라고, 그만한 수고를 해야 벌지……"

그는 고개도 들지 않은 채 서류를 훑어보고 있었다. 이윽고 그는 어떤 디스크 재킷에서 판 하나를 꺼냈다.

"얘야말로 진짜 재능이 있는 아가씨지…… 내 최근 발굴 작품이야, 들어보겠어?"

그는 판을 전축에 걸었다.

"내 앞에 와 서봐…… 옷 벗어……"

그는 마치 사진을 찍으려고 포즈를 잡는 사람 같은 뻣뻣한 미소를 지으면서 유들유들한 목소리로 말했다.

"재능 있는 아가씨지, 안 그래? 너도 저렇게 노래를 할 수 있었으면 좋겠지? 내년도 유로비전 대회에 나갈 수 있게 준비시킬 생각이야……"

어린 계집아이처럼 장난기 어린 목소리가 전기기타 소리에 묻힌 채 들려오고 있었다.

"저애도 언젠가는 한번 데리고 자야 할 텐데" 하고 비에티가 꿈꾸듯이 말했다.

오딜은 소파에 몸을 웅크리고 앉아 있었다. 그녀의 얼굴이 그의 허리께에 오도록 사내가 손으로 그녀의 목 뒤를 꽉 눌렀다. 그다음 그녀에게 가장 고통스러웠던 것은 매니큐어를 바른 사내의 손가락들이 그녀의 머리카락을 움켜쥐고 짓누르는 것을 느끼는 일이었다.

* * *

'카페 데 스포르'는 불이 꺼져 있었다. 오딜은 오른쪽에 있는 구비옹 생 시르 대로로 접어들었다. 트렌치코트 주머니 속에는 비에티가 그녀에게 준 돈다발이 들어 있었다. 2,000프랑이었다. 그는 빈정거리는 목소리로 "갈보치고 더럽게 비싸네" 하고 말했다. 그러나 전혀 관계없는 일이라고 했다. "나, 크리스티앙 비에티로 말하자면 언제나 비싼 갈보들을 좋아하기 때문에."

그녀는 테른 대로를 건너 그 길 저 아래쪽, 벨륀이 자살한 곳 근처에서 방향을 바꿨다. 갑자기 벨륀이 이 세상에 없다는 사실이 너무나 절실하게 느껴져 주변이 텅 빈 것만 같았다. 이런 일들에 대해 그는 어떻게 생각했을까? 그 사람 역시 가요계로 진출하고자 하는 그녀의 장래에 대해 큰 기대를 하지 않고 있었다. 그리고 막판에 가서는 아마도 다른 문제들에 정신이 빼앗겨 있었을 것이다. 그러나 오후가 되면 그의 사무실로 찾아가곤 했던 일들이며 마치 배의 갑판 위에 서 있는 것만 같던 그 아파트의 테라스가 머릿속에 떠올랐다. 그녀에게 〈거리의 상송〉을 가르쳐 준 것은 바로 벨륀이었다. 그가 프랑스에 처음 왔을 무렵에 유행하던 노래였다. 그는 언제나 그녀에게 친절했다. 테이프가 소리없이 돌고 있을 때면 그는 늘 고개를 숙이고 녹음기를 가만히 들여다보고 있었다. 그리고 그녀를 사무실 밖으로 데리고 나가기 전 늘 부드러운 목소리로 말하곤 했다.

"내려갈까요, 오딜?"

그리고 루이는? 만약 그가 조금 전 일을 알게 된다면 어떻게 생각할까? 그는 절대로 알지 못할 것이다. 그녀는 돈이 필요했다. 브자르디가 주는 1,500프랑으로는 부족했다. 두 사람이 다 같이 이 어려운 처지를 벗어날 수 있는 길은 오로지 돈뿐이었다.

오늘밤 그녀는 루이가 받는 월급보다 더 많은 돈을 벌었다. 손톱에 매니큐어를 바르는 그 더러운 놈에게 좀더 많이 요구할 걸 잘못했다. 이제 더이상 무대에 오를 필요가 없게 되었다고 말한

다음 식당 지배인이 내던 웃음소리가 다시 귓전에 들리는 듯했다. 그자에게도 돈을 더 요구했어야 하는 건데 그랬다.

꿈은 부서지고 말았다. 그녀는 이제 더이상 노래를 부르지 못할 것이다. 그녀는 자기의 노래를 들려주는 데 실패했다. 그녀의 목소리는, 그녀가 책에서 그 스토리를 읽은 적이 있는 어떤 여가수의 목소리처럼 안개와 소음을 뚫고 떠오르지 못하고 말았다. 그녀는 용기를 잃었다.

그녀는 들레즈망 가에 이르렀다. 그 길의 끝에 차고가 있었다. 그녀는 파리 시를 뒤로하고 시골풍의 길을 따라갔다.

그녀는 벨을 누르지 않고 옆문으로 해서 들어갔다. 이층에 불이 켜져 있고 루이는 그 긴 의자에 누워 자고 있었다. 바닥에는 그가 자기 아버지 사진들을 오려 붙여두는 커다란 스크랩북과 스포츠신문철 하나가 펼쳐져 있었다. 스크랩북 한 페이지 윗부분에다 루이가 붙여놓은 어떤 기사를 그녀는 무심코 읽었다.

"추발 경기에서 메믈링은 너무 신중하게 출발한 제라르댕 팀 선수보다 우위에 서게 되어 마침내 3.625킬로미터 지점에서 그를 따라잡았다……"

그녀는 불을 끄고 와 몸을 쪼그리고 루이 옆에 누웠다.

훗날 그들이 지나간 시절 이야기를 할 때면—그러나 그들이 과거 이야기를 하는 경우는 극히 드물었다. 아이들이 태어난 뒤에는 더욱더—두 사람 다 자기들 일생에서 가장 결정적이라고 할 수 있는 그 시기가 겨우 7개월이 될까 말까 한 동안이었다는 사실에 놀라움을 금치 못했다. 그렇다. 분명 그랬다. 루이가 제대한 것이 12월이었고 오딜과 그가 만난 것이 1월 초였으니 말이다.

2월에 브로시에가 그들에게 새로운 거처를 마련해주었다. 그는 어느 날 포르트 샹프레 근처에 있는 집으로 루이를 찾아왔다가 너무나 좁은 방과 엄청나게 큰 라디에이터가 뿜어내는 숨막히는 열기에 놀랐다.

"이런 데서 살 수는 없지, 이 친구야…… 왜 진작 나한테 말하지 않았어요?”

마침 방 두 개짜리 아파트가 하나 비게 되었는데, 자기가 세내어 쓸까 했으나 기숙사촌과 너무 멀어 생각을 바꾸었다는 것이었다. 몽마르트르 공동묘지를 굽어보는 철교 반대편, 콜랭쿠르가 초입에 있는 집이었다. 그런데 집세는? 집세는 아주 헐했다. 그는 그 문제에 대해서 브자르디에게 말해보겠다고 했다. 정말이지 브자르디는 오딜과 루이 두 사람을 그 콧구멍만하고 찜통 같은 다락방에 처박아두고 마음 편할 사람이 아니라면서.

그들은 그다음 달, 콜랭쿠르 가로 이사했다. 새 아파트는 그들에게 엄청나게 커 보였다. 큰방은 아틀리에였다. 그 방 한구석에는 그곳에 살던 화가의 유일한 자취로, 커다란 날개가 달린 선풍기와 반원형의 바가 남아 있었다. 검은색 래커가 비늘처럼 일어나고 있는 바에는 브로시에가 기숙사촌에서 즐겨 입던 셔츠처럼 중국풍이 느껴지는 그림들이 장식되어 있었다. 유리를 끼운 큰 창문으로는 파리의 남서부가 내다보였다.

브자르디는 그들에게 침대 하나, 암적색 천 소재 안락의자 하나를 주었고 브로시에는 등나무 의자 두 개와 램프를 주었다. 아파트에는 전화와 일체의 취사도구가 갖추어진 부엌까지 있었다. 경비원이 건물 세입자 명단에 기입하기 위해 이름을 묻자 그들은 젊은 신혼부부라고 하면 더 신뢰를 얻을 것 같아서 ‘메믈링과 그의 부인'이라고 알려주었다.

어느 날 저녁 그들은 브로시에의 과장된 표현처럼 '이사 턱'을 냈다. 브로시에는 자기 약혼녀인 자클린 부아뱅은 유감스럽게도 오지 못할 거라고 했다. 시테 위니베르시테르에서 콜랭쿠르 가라면 세상 끝이나 다름없다는 것이었다. 그곳까지 오자면 센 강을 건너야 하는데 그 강이야말로 서로 아무런 공통점이 없는 두 도시 사이의 국경 같은 것이었다.

그러나 브자르디는 마다 않고 왔다. 루이는 그가 재킷 깃에 초록색과 노란색이 나는 훈장의 약장을 달고 있는 것을 보았다.

"훈장을 받으셨군요?" 하고 그가 물었다.

"무공훈장이죠" 하고 브자르디가 말했다. "드 라트르 장군 밑에서 싸웠던 독일 전선에서 받은 것이지요. 스물세 살 때였어요. 내가 일생 동안 잘한 일이 있다면 오직 이것뿐이랍니다."

그는 두 눈을 내리깔았다. 화제를 바꾸고 싶어한다는 것을 느낄 수 있었다.

모두들 아틀리에에서 아페리티프를 마셨다. 그리고 바로 근처, 조제프 드 메스트르 가에 있는 '셰 쥐스탱'으로 저녁식사를 하러 갔다.

* * *

루이는 더이상 밤일을 하지 않게 되었다. 이제 브자르디는 그에게 낮 동안에 할 수 있는 '간단한 임무'를 맡겼다. 그렇지 않을 때에는 차고에 앉아서 찾아오는 사람들을 맞거나 전화를 받았다. '간단한 임무'란 파리의 여러 주소지에 가서 우편물들을 전달하거나 받아오는 일이었다. 브자르디의 설명에 따르건대 그는 우체국을 믿을 수 없기 때문이라는 것이었다. 자주 루이는 그의 운전기사가 되어 가죽 냄새가 기분좋게 나는 구식 영국제 자동차로 그를 약속 장소에 태워다주곤 했다. 그의 월급은 두 배로 불어났다. 그러나 브자르디는 월급을 올리게 된 동기를 전혀 설명하지 않았다.

그는 막연한 불안감을 느꼈다. 자기가 하는 '일'은 정확히 어떤 이름을 붙일 수 있는 것일까? 그의 '직함'은 무엇일까? 브자르디의 그것은? 그리고 브자르디는 무엇 때문에 그를 그렇게도 빨리 자신의 심복이나 앉힐 그런 자리로 승격시킨 것일까?

여러 가지 의문들이 꼬리를 물고 일어났지만 루이가 오딜에게 그걸 털어놓고 말하는 일은 거의 없었다. 고독하기만 했던 학교와 군대 시절에 오랫동안 습관이 된 나머지 그는 마음속의 근심걱정을 그 누구에게도 털어놓는 법이 없었다. 반대로 그는 오딜 앞에서 태연한 척하려고 애썼고 자신이 하는 일이 안정된 것임을 설득시키려고 노력했다. 브자르디의 보호자연하는 태도는 그가 옛날에 루이의 아버지를 알았다는 이유로 설명이 되었다. 사실 그의 말은 완전히 거짓은 아니었다. 브자르디는 젊었을 적에 열렬한 자전거 경기 팬이었으므로 유명한 선수 메믈링의 아들에게 일자리 하나를 마련해줄 수 있었다는 것은 너무나도 기쁘고 흐뭇한 일이라고 말했던 것이다.

그렇다, 정말이지 오딜 앞에서 조금이라도 불안한 마음을 내비쳐서는 안 될 일이었다. 그랬다가는 그 위태위태한 그들의 삶의 균형이 흔들려버릴 위험이 없지 않았다. 따지고 보면 그들은 이제 더이상 고미다락이 아니라 콜랭쿠르 가의 아파트에 살고 있는 것이었다. 경비실 유리창에 붙여놓은 세입자 명단에는 버젓이 '메믈링과 그의 부인'이라고 기록되어 있었다. 나이 스무살에 벌써 이 정도면 괜찮은 것이라고 볼 수 있었다.

* * *

그래도 그는 브로시에에게 몇 가지 질문을 해보았다. 그들은 콜랭쿠르 가에 있는 카페 '레브'에 나와 앉아 있었다. 그 이름 때문에 루이가 좋아하는 곳이었다. '꿈'에서 다섯시에 만나, 하고 말하는 것이 오딜과 그에게는 무척 재미있었다.

"이제 보니 롤랑을 의심하고 있군요?"

"천만에요……"

"롤랑은 좋은 사람이에요. 아무나 스물세 살에 무공훈장을 받는 게 아니거든……"

"알아요."

"기분 상하게 할 생각은 아니지만 당신 일은 아주 평범한 거예요. 심부름꾼이나 호텔 종업원이 하는 일 같은 거다 이 말이지…… 하나도 이상할 게 없어요, 안 그래요?"

이렇게 말하면서 그는 루이의 등을 툭툭 두드렸다.

"농담이고, 당신은 말하자면 롤랑의 비서예요. 하기야 나도 그렇지만…… 그걸 수치스럽게 여기는 건가요?"

"그런 건 아니지만…… 정확히 말해서 롤랑은 뭐하는 사람이죠?"

"자동차 사업과 그 밖의 몇 가지 일에 손대고 있는 사업가죠" 하고 브로시에는 마치 교과서를 외우듯이 천천히 말했다.

"그럼 당신은 그 사람을 어떻게 알게 되었나요?"

"그건 훗날 설명해주지요. 시간이 좀 있을 때……"

그들은 자리에서 일어나 거리로 나갔다. 학교에서 쏟아져나온 아이들 때문에 길을 헤쳐나가기가 어려웠다. 그중 한 아이가 롤러스케이트를 타고 있었고 다른 아이들은 그 뒤를 따라갔다.

"불안해하는 심정 이해해요……" 하고 브로시에가 목쉬고 숨가쁜 소리로 말했다. 마음에 깊이 와 닿는 문제에 대해 말할 때 목소리가 그랬다.

그건 유들유들한 억양의 브로시에가 아니었다. 이렇게 생판 다른 두 가지 목소리를 내다니 정말 기이한 현상이군, 하고 루이는 생각했다.

그는 무슨 말을 하고 있는 것인가? 루이만한 나이 때에는 흔히 하찮은 일이나 하게 되며 수단 방법을 가리지 않고 일해서 먹고 살 수밖에 없다는 말을 하고 있는 것이다. 시간이 좀 지나면 사정이 보다 분명해지지만 스무 살 때에는 만사가 아직 희미한 윤곽뿐이라는 것이다. 그게 바로 인생의 초년기라는 거야, 이 친구야. 그 자신도…… 언젠가 모든 걸 다 털어놓고 이야기할 날이 있을 것이었다.

* * *

오딜은 루이가 집에 없는 동안 뭔가 할 일을 찾으려고 노력했다. 그녀는 오퇴유의 식당 겸 카바레에서 잠시 일하는 동안에 마리라고 하는 여자 친구를 하나 사귀었었다. 마리는 여전히 거기서 일을 하고 있었다. 그녀는 발랄라이카 쇼를 하는 사람들 틈에 섞여 '우크라이나 공주' 의상을—실은 티롤 산악지방 사람들의 복장을 연상시키는 편이지만—입고 나가 노래도 하고 춤도 추었다. 그러나 이 민속적인 공연은 그저 약간의 용돈을 버는 잠정적인 수단에 불과했다. 그녀는 조그마한 의상실을 여는 것이 꿈이었다. 그녀는 그 이야기를 오딜에게 했고 두 사람은 그 사업을 위해서 동업 계획을 세웠다.

그때까지 마리는 집에서 일을 하면서 고객을 모을 생각이었다. 오딜은 상점을 여는 데 필요한 돈을 어떻게 모을까 궁리했다. 두 사람은 벌써 가게 이름도 정해두었다. 마리의 이상한 성이 그들 사업에 오히려 유리하게 작용할 것이라고 생각해 '셰 마리 바크라체'라고 결정했다. 가게 이름 밑에는 대문자로 '유행 패션'이라고 쓰기로 했다. 생토노레 구역에 있는 어떤 상점 간판에 그렇게 쓰여 있었는데 오딜에게는 그것이 매우 좋게 보였던 것이다.

마리는 본을 그렸고 천을 재단할 줄도 알았다. 어렸을 때 가족끼리 잘 아는 어떤 사람이 하는 양장점에서 일을 한 적이 있었다. 오딜은 그녀에게 부모 이야기를 물어보았으나 한 번도 분명한 대답을 듣지 못했다. 어떤 때는 아버지 어머니가 서로 헤어진 채 외국에서 살고 있다고도 했고, 어떤 때는 남프랑스의 어떤 집에서 살고 있는데 머지않아 자기를 보러 올 것이라고도 했고, 또 어떤 때는 죽었다고도 했다. 그 같은 안개 속에서 단 하나 표점,

가족들 중 자취를 찾을 수 있는 유일한 인물이 있다면 그건—비록 이십여 년 전에 죽고 없긴 하지만—그녀의 할아버지로 파리에 망명을 와 살았던 폴 바크라체라는 이름의 작가였다. 그는 특히 남러시아 주둔군의 병영 생활을 섬세한 필치로 그려 보이는 데 재능을 발휘했다. 그가 쓴 소설들 중 한 권은 프랑스어로 번역되기까지 했는데 마리는 빛바랜 그 책 한 부를 경건하게 간직하고 있었다.

금발에 자그마한 키, 지독히도 연해서 거의 핑크빛이 도는 피부, 흐릿한 푸른 눈.

일요일이면 오딜과 루이는 그녀의 집으로 찾아가곤 했다. 마리는 그랑드 아르메 대로와 로슈 대로 사이의 어정쩡한 구역에 살고 있었다. 대규모 주택가인 16구가 시작하는 곳이기도 하지만, 아직도 거리에 자전거라든가 볼베어링 같은 것을 파는 상점들, 자동차 정비소, 옛날 댄스홀, 루나 파크의 유령의 집 같은 것들이 남아 있는 곳이기도 했다.

그들 세 사람은 다 같이 포르트 도핀에서부터 불로뉴 숲까지 산책을 했다. 그리고 호수에서 배를 타고 한 시간 동안 뱃놀이를 했다. 그렇지 않으면 '샬레 데 일' 부교에 배를 대고 내려서 미니 골프 게임을 했다. 해가 질 무렵이 되면 그들은 마리네 아파트로 다시 돌아왔다. 현관과 거실이 있었고, 긴 복도를 따라가면 나오는 끝 방이 마리의 침실이었다.

돌아오면 거실에는 여남은 명 되는 사람들이 잔뜩 들어앉아 있었다. 다들 나이가 지긋했고 더러는 아주 늙은 사람도 있었다. 몇몇은 브리지 게임을 하고 있었고 또다른 사람들은 차를 마시면서 이야기를 하고 있었다. 지나가면서 마리가 그중 어떤 부인에게 볼 인사를* 했다. 예순 살쯤 되어 보였는데, 키가 크고 얼굴이 통통하고 눈이 가늘게 찢어진 부인으로 집안의 여주인다운 권위가 느껴졌다. 마리는 루이와 오딜에게 자기 고모라고 알려주었다.

거기에 모인 사람들은 불도 켜지 않은 채 컴컴한 가운데서 이야기를 나누거나 카드놀이를 하고 있었다. 매번 마리가 전등을 켰다. 마치 그 일은 그녀에게만 맡겨진 일이고, 전기 스위치를 누르는 일이 그들에게는 너무 어렵거나 그들의 입장에서는 점잖지 못한 일이라도 된다는 듯이. 아니, 어쩌면 그들은 불을 켤 생각을 아예 해본 일이 없는지도 몰랐다.

마리의 방에서 그들은 디스크를 들으면서 한담을 나눴다. 오딜과 루이는 그녀에게서 자신들의 나른함과 게으름을 재발견했다. 모두가 동갑내기였다. 그들은 마음이 잘 맞았고 자주 밤 시간을 같이 보내곤 했다.

마리는 그들에게 케이크나 수프 같은 먹을 것을 갖다주었다. 반쯤 열린 문틈으로 거실에서 두런거리며 이야기하는 소리가 들렸다. 차츰차츰 말소리가 잦아드는가 싶더니 사람들이 아파트를 떠났다. 한 남자가 복도에서 전화를 하고 있었다. 오랫동안 아무 말도 하지 않은 채 가만히 서 있었으므로 그때마다 전화를 끊은 줄 알았지만 그는 간간이 짤막한 한마디씩을 내뱉고는 다시 침묵을 지켰다. 미지의 언어로 하는 이런 전화 밀담은 몇 시간이고, 심지어는 아침까지 계속되기도 했다.

* * *

마리의 집에는 일요일이면 호르단이라고 하는 그들 또래의 스페인 젊은이가 오곤 했다. 그는 여장 남자 쇼 공연으로 무대에 서고 싶다면서 카바레 일자리를 찾고 있었다. 그는 마리의 조언에 따라 오퇴유의 카바레 지배인을 찾아가 만나보았고 테스트 삼아 출연할 기회를 얻게 되었다.

이제 며칠 후면 시작을 할 참이었는데, 그는 센 강 가의 헌책 판매대에서 발견했다는 『여인과 꼭두각시』의 여주인공 삽화와 똑같은 무대의상을 갖고 싶어했다. 마리와 오딜은 그에게 그 의상을 마련해주기로 했다. 그리하여 그들은 마리의 방에서 재단을 하고 바느질을 하느라고 여러 날을 보냈다. 그동안 루이는 탐정소설을 읽었다. 가봉을 하느라 옷을 입어볼 때마다 호르단은 루이의 의견을 물었다. 옷은 그에게 잘 어울렸다. 만틸라*를 두른 그의 예쁜 얼굴은 정말이지 여자로 착각하게 할 정도였다.

그가 데뷔하는 날 저녁, 루이와 오딜은 카바레로 갔다. 호르단은 마리 바로 다음에 출연했다. 발랄라이카 소리가 딱 멈추고 캄캄한 어둠 속에서 둔탁한 목소리가 시작을 알렸다.

"라 시가레라!"

그러자 후멜의 〈볼레로〉 첫 곡조가 울려나왔다. 호르단은 이제 그 곡에 맞춰 춤을 출 참이었는데 그 녹음테이프도 자신이 가져온 것이었다. 조명이 켜졌을 때 호르단은 무대 한가운데 있었다. 창백한 표정으로, 의상 안에 완전히 굳어져버린 듯이.

그의 손에 들려 있던 캐스터네츠가 썩은 과일처럼 떨어졌다. 그는 잠시 동안 꼼짝도 않고 서 있더니 그만 무대 바닥에 쓰러져 버렸다. 너무나 긴장한 나머지, 아니면 너무나 배가 고픈 나머지 기절한 것이었다. 날씬한 몸의 '곡선'을 망치게 되지나 않을까, 그 공연을 위해 일부러 만든 의상이 몸에 맞지 않게 되지나 않을까 걱정돼 이 주 동안 아무것도 먹지 않았던 것이다.

그는 그날 저녁으로 해고당했고 루이와 오딜은 그를 위로해주지 않으면 안 되었다.

---

* 스페인 등지에서 여자들이 머리에서 어깨까지 두르는 스카프.

봄의 첫날, 브자르디는 오딜과 루이를 식사에 초대했다. 두 사람은 오랜만에 반짝 난 햇빛을 즐기기 위해 루이 블레리오 강변로까지 걸어가기로 했다.

브로시에가 그들에게 문을 열어주고 나서 거실로 안내했다. 거기에는 다섯 사람분의 식기가 차려져 있었다. 브자르디는 갈색 머리의 젊은 여자와 함께 있었다. 루이가 전에 처음 찾아왔던 날 벽난로 위에 놓여 있던 사진 속 여자였다.

"니콜 하스예요, 친구지요. 이쪽은 메믈링 부부고…… 왜 내가 얘기했었지, 코코. 〈거리의 상송〉을 아주 멋지게 부르는 바로 그 메믈링 부인이야."

그는 언제나 그들을 이처럼 거창하게 소개했다. 그들이 사는 아파트 세입자 명단에서 '메믈링과 그의 부인'이라고 적힌 것을 보고 매우 재미가 있었던 것이다.

"잘했어요" 하고 그는 루이에게 말했었다. "그편이 훨씬 진지하게 보이거든요. 그럼 이제 두 사람은 결혼을 해야겠군요. 필요하다면 내가 증인을 서줄 수 있어요."

니콜 하스는 얼굴이 우아해 보이면서도 엄격한 인상을 풍기는 여자였다. 브자르디와 거의 같을 정도로 키가 컸다. 루이는 그녀의 남자 같은 거동에, 특히 담배를 피울 때면 발뒤축을 낮은 탁자 위에 올려놓고 다리를 쭉 뻗는 태도에 놀랐다.

"식사 준비가 다 되었습니다" 하고 브로시에가 엄숙하게 말했다.

"루이, 당신은 코코 옆에 앉아요. 메믈링 부인은 내 옆자리에 앉으시고……"

식사하는 동안 그들은 모두 말이 없었다. 그 자리를 주재하는 입장인 니콜 하스는 기분이 별로 좋은 것 같지 않았다. 브자르디가 그녀를 감싸는 듯한 시선으로 바라보곤 했다. 그녀는 브자르디보다 젊었다. 서른 살이 될까 말까 한 나이였다.

"오늘 오후에 승마를 할 생각이야, 코코?" 하고 브자르디가 그녀에게 물었다.

"아뇨, '에키스타블'에 가봐야겠어요. 안장이 필요해서요."

그녀는 뾰로통한 표정을 풀지 않은 채 내키지 않는 듯한 태도로 자신의 커다란 유리컵에 물을 부었다.

"'에키스타블'은 그런 것 마련하기에 썩 좋은 상점인 것 같아요" 하고 브로시에가 말했다.

그녀는 어깨를 으쓱했다.

"네…… 저야 뭐 대개 '라마제'하고 거래하지만……"

그녀는 브자르디와 브로시에한테는 짜증을 내고 있는 눈치였지만 오딜과 루이에게는 다정하고 호기심 어린 눈길을 던졌다.

"두 분은 승마 안 하세요?"

"네" 하고 오딜이 말했다.

"왜 이분들을 베르부아에 한 번도 초대를 안 했어요?" 하고 그녀가 브자르디에게 물었다.

"이번 여름에 초대하기로 하지 뭐, 니콜……"

그녀는 루이와 오딜 쪽을 돌아보며 미소를 지었다.

"저이가 두 분을 베르부아에 초대하면 제가 말 타는 걸 가르쳐 드릴게요."

"베르부아는 솔로뉴에 있는 집안 소유지인데……" 하고 브자르디가 말했다. "두 분도 한번 와보셔야지요."

"베르부아는 역대 브자르디 백작님들의 본거지지요" 하고 니콜 하스가 빈정대듯 말했다. "제2제정시대 귀족…… 이름자의 귀족 칭호 드de는 롤랑이 붙인 거예요."

이번에는 브자르디도 냉정을 잃은 눈치로, 니콜 하스를 감싸듯 바라보는 겁에 질린 시선이 단번에 굳어져버렸다.

"바보 같은 소리 마, 코코. 루이, 당신 앞에 앉아 있는 여자는 그야말로 속물근성의 표본 그 자체랍니다. 니콜은 귀족병에 걸렸어요."

니콜 하스는 웃음을 터뜨리면서 담배에 불을 붙였다.

"바보, 웃기고 있네……"

그 말 속에는 브자르디에 대한 애정 어린 멸시가 담겨 있었다.

커피를 준비한 쟁반이 옆방 탁자 위에 차려져 있었다. 지나가면서 니콜 하스가 창문을 열었다. 바람에 엷은 망사 커튼이 부풀어올랐다. 브자르디가 손수 커피를 돌렸다.

니콜 하스, 오딜, 그리고 루이는 벨벳 소파에 앉아 있었다. 브자르디와 브로시에는 탁자에 몸을 기댄 채 아무 말 없이 그들을 바라보고만 있었다. 뭐라고 한마디했다가 또 니콜 하스의 기분을 상하게 하지나 않을까 두려워하는 눈치였다. 그러나 그녀에게 그들은 안중에 없었다.

그녀는 핸드백에서 가죽 담배 케이스를 꺼내 오딜과 루이에게 내밀었다. 그리고 손수 라이터를 켜서 불을 붙여주었는데 라이터에서 너무 높은 불꽃이 일어 루이가 깜짝 놀랐다. 미군들이 많이 사용하는 지포 라이터였다. 학교 다니던 시절에는 그걸 하나 가지는 것이 소원이었다.

"코코, 내가 상점에 같이 가줄까?" 하고 브자르디가 물었다.

그러나 그녀는 루이 쪽으로 몸을 돌렸다.

"이름이 멋있어요, 드 메플링 씨."

"그 사람 이름은 그냥 메플링이야" 하고 브자르디가 말했다.

그녀는 들은 척도 하지 않았다. 그녀는 햇살이 배어 있는 망사 커튼을 바라보았다. 바람 때문에 커튼에는, 펄럭이는 스카프처럼 물결무늬가 일렁거리고 있었다.

* * *

니콜 하스가 자리에서 벌떡 일어나더니 브자르디의 책상 위에 놓인 재떨이에 담배를 비벼 껐다.

"가봐야겠어요."

"자동차가 필요하지?" 하고 브자르디가 물었다.

"아뇨."

그녀는 오딜과 루이와 악수를 했다.

"다시 또 만나게 되길 바라요."

그러고 나서 니콜 하스는 브자르디는 거들떠보지도 않고 문

쪽으로 걸어갔다.

"그럼 저녁에 봐, 코코……" 하고 브자르디가 말했다. "얌전히 있어야 돼……"

그녀는 뒤도 돌아보지 않은 채 문을 닫고 나갔다. 브로시에의 얼굴에 신경질적인 미소가 배어났다. 브자르디는 오딜과 루이 옆자리에 앉으면서 한숨을 내쉬었다.

"겉보기엔 저래도 마음씨가 나쁜 여자는 아녜요. 할말이 있는데 루이…… 잠시 옆방으로 가죠……"

"그럼 메믈링 부인은 저 사람들 얘기 나누는 동안 나하고 체스나 한판 두지 않겠어요?" 하고 브로시에가 제안했다.

"좋지요" 하고 오딜이 말했다. 그녀는 브자르디가 호의적인 보호자연하는 태도로 어깨에 손을 얹은 채 데리고 나가는 루이에게 시선을 보내고 있었다.

* * *

그들은 전에 오딜과 루이가 밤을 보낸 적이 있는 방으로 들어갔다. 센 강 건너편으로 보이는 시트로앵 자동차 공장의 밝은색 건물이 마치 비행장 같았다.

"전망이 좋죠?" 하고 브자르디가 말했다. "전에는 내 차고도 저기 맞은편 발라르 가에 있었죠. 당신 아버지가 출전한 경기를 보러 다니던 시절이었지요…… 그분을 처음 본 게 1938년 '벨디브'에서였지, 아마. 난 그때 열여섯 살이었고요……"

"아버지를 알았나요?" 하고 루이가 물었다.

"아뇨, 에르와 샤를 플리시에는 알았어요. 하지만 나는 주로 자동차 관계 사람들과 어울리곤 했어요."

'사기꾼'이라든가 '젠틀맨 라이더(아마추어 기수)' 같은 어감을 풍기는 그 '자동차 관계 사람들'이라는 표현은 그의 아버지에 대한 암시일까? 그러나 문득 루이의 머릿속에 지금은 쓰지 않고 버려둔 썰렁하고 커다란 차고가 떠올랐다. 햇살이 나뭇가지들 사이를 지나 널따란 유리벽을 통해서 떨어지면서 마치 연못의 수면에 뜬 나뭇잎들처럼 바닥에 그림자를 만들고 있었다.

그의 어린 시절.

브자르디는 침대에 반듯이 누웠다. 새틴 침대보를 더럽히지 않으려고 두 발은 침대 가장자리 틀 위에 얹고 있었다. 루이는 창가에 선 채였다.

"무슨 얘긴고 하니…… 심부름을 하나 해줬으면 하는데…… 영국에 잠깐 다녀와줘야겠어요."

* * *

거실에선 브로시에와 오딜이 나지막한 탁자에 마주앉아 체스 두기에 여념이 없었다. 오딜은 막 체스에 맛을 들인 참이었다. 그녀와 루이에게 말 옮기는 법을 가르쳐준 마리의 영향이었다.

브자르디와 루이는 말없이 두 사람이 체스 두는 모습을 지켜보고 있었다. 십여 분이 지나자 오딜이 말했다. "체크메이트예요!" 브로시에 역시 많이 두어본 적이 없는 초보자였다.

"겁나는 사람일세, 이 메플링 부인 보통이 아닌걸" 하고 브로시에가 미소를 지으며 말했다.

* * *

밖으로 나오자 루이와 오딜은 포르트 오퇴유 쪽으로 걸어갔다. 거리에는 인적이 없었다. 이따금 버스가 한 대씩 지나갔고 이내 그 소음은 햇빛 속에서 녹아 없어졌다.

그들은 마치 오랫동안 바다 밑으로 잠수를 하고 난 뒤 물 위로 올라와 마음껏 공기를 마시게 되었을 때처럼 몸이 가벼워진 느낌이었다. 아마도 겨울이 끝난 때문일 것 같다고 루이는 생각했다. 그는 물이 차는 신발을 신은 채 군부대를 떠나던 지난 12월의 자신을 머릿속에 그려보았다. 그때는 한 발씩 떼어놓을 때마다 물에 젖어 미끈거리는 소리가 나는 게 마치 발이 땅에 들러붙어버리는 것 같았었다. 그러나 지금은 마른 보도 위를 맨발로라도 뛸 수 있을 것 같았다.

"무슨 생각해?" 하고 오딜이 그의 팔짱을 끼면서 물었다.

"우리는 이제 영국 여행을 하게 될 거야…… 나중에 자세히 설명해줄게……"

"영국이라고?"

그녀는 놀라지 않았다. 그날 오후에는 불가능한 일이란 하나도 없을 것만 같았던 것이다.

그들은 마침내 불로뉴 숲 언저리에 이르렀다. 떠들썩한 사람들의 무리가 경마장 입구 쪽으로 행렬을 지어 가고 있었다.

"우리, 배 탈까?" 하고 루이가 말했다.

그러나 호수 쪽으로 가다 말고 그들은 생각을 바꾸었다. 어린 아이들의 외침 소리와 웃음소리를 흩뜨리며 나뭇잎들을 부드럽게 흔드는 바람, 영국 여행에 대한 설렘, 이런 모든 것 때문에 그만 힘들여 노를 저을 기분이 사라지게 되었던 것이다. 그들은 오퇴유의 농가풍 식당 뜰에 가 앉아서 우유를 넣은 석류 주스를 주문했다.

그들은 둘 다 말이 없었다. 오딜은 루이의 어깨에 머리를 기대고서 빨대로 석류 주스를 마셨다. 말이 다니는 저쪽 오솔길로 회색과 흰색이 섞인 말 위에 두 다리를 한쪽으로 모으고 올라탄 갈색 머리 여자가 천천히 지나가고 있었다. 그들의 눈에는 그 여자가 꼭 니콜 하스인 것 같았다.

그들이 마리와 함께 부활절 축제일을 보내고 난 직후 브로시에가 오페라 코미크 극장 맞은편에 있는 '영·불 청소년 교류 협회' 사무실에서 그들을 좀 만나고 싶다면서 약속을 정해왔다. 햄프셔 주에 있는 해변 휴양지인 본머스에서 바캉스를 보내게 될 젊은이들의 명단에 그들을 넣어주겠다는 것이었다.

서류들이 잔뜩 들어찬 좁은 방에서 그들을 맞아준 것은 A. 스튜어트라는 사람이었다. 사무실 문에 붙어 있는 동판에 그의 이름이 새겨져 있었다. 그는 주근깨가 피부를 온통 뒤덮고 있는 팔십 대 노인으로 두 눈을 잔뜩 찌푸리고 있었다. 모든 서류는 이미 다 준비되어 있었다. 루이와 오딜은 그저 자신들의 생년월일만 말해주면 되었다.

"두 사람 신분은 학생이라고 적어넣었소. 그렇게 해두는 게 더 좋을 테니까" 하고 스튜어트가 벌레 우는 것 같은 목소리로 말했다.

"잘하셨어요" 하고 브로시에가 말했다.

"물론 체류 기간이 끝날 때까지 꼭 그곳에 머물러야 하는 건 아니오."

"압니다" 하고 루이가 말했다.

"롤랑은 어떻게 지내지요?" 하고 스튜어트가 물었다.

"잘 지내요."

그는 그들을 문까지 나와 배웅했다.

"나는 롤랑 드 브자르디의 아버지하고 아주 잘 아는 사이였소." 스튜어트가 갑자기 오딜과 루이 쪽으로 돌아서면서 엄숙한 목소리로 말했다. "말을 놓고 지내는 사이였으니까."

* * *

브로시에는 볼일이 있다면서 루이에게 브자르디의 자동차를 좀 쓰게 해달라고 했다. 그들 세 사람은 그 차를 타고 '영·불 청소년 교류 협회' 사무실로 간 참이었다. 오딜과 루이는 그냥 발길 닿는 대로 걷다가 레오뮈르 가의 어느 카페 테라스에 가 앉았다. 창가 테이블에 〈데포세 증권 신문〉이 나뒹굴고 있었다.

루이는 태연한 척하려고 그 신문을 뒤적거렸고, 그의 시선은 '장외거래' 증권란에 가 서성이고 있었다. 이번 영국 여행을 하게 된 까닭을 오딜에게 설명해주어야 할 때가 되었는데 이 난처한 화제를 어디서부터 꺼내야 할지 알 수가 없었던 것이다.

"이런 데 관심 있어?"

그녀가 웃으면서 〈데포세 증권 신문〉을 그의 손에서 낚아채 자기 옆 긴 의자 위에 내려놓았다. 루이는 그녀를 아득한 눈길로 바라보았다.

"무슨 생각을 하고 있어?"

"그냥, 아무것도…… 증권거래소 같은 거…… 저것 봐……"

그는 길 건너편 쪽 증권거래소의 늘어선 돌기둥과 바쁘게 움직이는 사람들의 무리가 내려오고 있는 중앙계단 쪽을 가리켰다. 비가 오고 있었다. 점점 더 많은 손님들이 카페 안으로 들어와 카운터 앞에 촘촘히 모여 섰다. 옆 테이블에서 아직 젊어 보이지만 얼굴색이 벌겋고, 드물게 난 머리를 뒤로 꽉 붙여 넘긴 사내 하나가 서류를 들여다보다가 이따금씩 고개를 들어 뻔뻔스럽게도 오딜을 빤히 쳐다보곤 했다.

"그런데 있지…… 이번 영국 여행은 말야…… 브자르디의 청을 들어주느라고 하는 거야……"

그는 숨을 돌리고 나서, 마치 그녀가 말을 막지나 않을까 걱정된다는 듯이 성급한 어조로 자세한 설명을 시작했다. 브자르디의 부탁을 받고 50만 프랑에 가까운 현금을 영국으로 가져가는데 그 대가로 일정액을 받게 되어 있다는 것과, 세관을 통과할 때의 위험을 피하기 위해 '영·불 청소년 교류 협회'의 단체 여행자들 틈에 끼여 들어가는 기발한 아이디어를 짜냈다는 내용이었다. '영·불 청소년 교류 협회'의 회장인 스튜어트 자신도 이 일에 관계되어 있는 것 같다는 말도 했다.

그녀는 눈이 둥그레지면서 그의 말에 귀를 기울였다. 그가 이야기를 마치고 나자 그들은 한동안 아무 말 없이 앉아 있었다.

"그 사람들은 처음부터 이렇게 할 속셈이었던 게 분명해" 하고 그녀가 말했다.

"그래…… 분명……"

루이는 어깨를 으쓱했다. 일이 어떻게 될지 두고보면 알겠지. 그는 오딜도 같은 생각을 하고 있다는 것을 짐작할 수 있었다.

"이런 거 다 별로 심각한 건 아냐……"

그들은 무엇엔가 좀 든든한 것에 매달리고 싶고 누군가에게 조언을 구하고 싶은 시련의 한순간을 맞고 있었다. 그러나 물어볼 상대가 없었다. 오직 있는 것이라고는 검은 서류가방을 들고 비 오는 레오뮈르 가를 건너 카페 안으로 들어와서는 카운터 앞에 와 차를 마시고 나가는 저 회색빛 실루엣들뿐이었다. 그들이 들고나는 모습을 바라보고 있으니 오딜과 루이는 정신이 없었다. 땅바닥이 어지럽게 흔들리는 것만 같았다.

* * *

그들은 생 라자르 역의 넓은 대합실을 지나갔다. 브로시에는 역과 테르미뉘스 호텔 사이로 난 육교의 조그만 간이식당에서 발걸음을 멈추려고 했다.

"아녜요……" 하고 루이가 말했다. "저기 있는…… 출발 플랫폼 옆쪽이 더 좋겠어요."

오딜이 그를 쳐다보더니 미소를 지었다.

"여기는 우리에게 안 좋은 기억이 있어서요" 하고 루이가 말했다.

그래서 그들은 역 안쪽에 있는 간이식당으로 가 그곳 테이블에 자리를 잡았다. 약속 장소로 정해진 곳은 장거리 노선 열차의 출발 플랫폼으로 나가는 통로 입구였다. 젊은 사람들 한 무리가 몇 미터 떨어진 곳에 몰려 서 있었다. 루이는 시계를 들여다보았다. 약속한 시간이 거의 다 되었다.

"'청소년 교류 협회' 사람들 아닐까요?" 하고 루이가 브로시에에게 물었다.

"틀림없어요."

브로시에가 웃음을 참으면서 오딜을 쳐다보았다.

"아니, 이게 무슨 재미있는 일이라도 되는 줄 아세요?" 하고 루이가 말했다.

그러나 그 역시 결국은 웃음을 터뜨리고 말았다.

"두 사람도 열심히 공부해서 다른 사람들과 같이 영어를 잘 배우기 바랄게요" 하고 브로시에가 말했다.

루이는 자기 옆에 있는 의자 위에다 주머니가 여러 개 달린 커다란 푸른색 배낭을 놓아두고 있었다. 그 속에는 속옷이나 스웨터 같은 옷가지 속에 싸서 감추어놓은, 현금 다발 중 일부가 들어 있었다. 나머지 돈은 오딜의 두꺼운 인조가죽 가방 속 깊숙이 넣어두었다.

"이제 다른 사람들과 합류해야겠어요" 하고 브로시에가 말했다.

그는 루이가 캠핑용 같기도 하고 등산용 같기도 한 푸른색 배낭 메는 것을 도와주었다. 오딜은 작은 인조가죽 가방을 집어들었다.

그들은 브로시에와 함께 무리의 가장자리에 가 섰다.

"도착하는 즉시 전화해요. 알았죠?" 하고 브로시에가 말했다.

"정말 아무 문제 없을까요?" 하고 루이가 말했다.

"아무 문제 없을 거예요. 이젠 그만 가볼게요…… 작별 인사를 할까요?"

브로시에가 이런 제안을 하는 것은 의외였다. 그는 오딜에게도 볼 인사를 했다. 그러곤 자리를 떠나 멀어졌다. 롬 광장으로 내려가는 첫 계단 근처에서 그가 몸을 돌리더니 손을 흔들어 보이고 사라졌다.

"당신들도 우리 일행인가요?" 하고 입술이 아주 두툼하고 머리를 스포츠형으로 짧게 깎은 젊은 남자가 오딜에게 물었다.

"네."

"좋아요, 그럼 이쪽으로 오세요."

그들은 여남은 명 되는 젊은이들과 악수를 했고 서로 이름을 대면서 자기소개를 했다. 아마도 머리를 스포츠형으로 짧게 깎은 청년이 리더인 것 같았다.

"자, 이걸 가방과 재킷 깃에 붙이세요."

그는 오딜과 루이에게 '청소년 교류 협회'라고 찍힌 작은 삼각형 표지들을 보여주더니 자신이 직접 그들의 외투와 푸른색 배낭, 그리고 가방에 붙여주었다.

"떨어지면 더 나누어줄게요."

동행자들은 대부분 서로 아는 사이였다. 그들은 지난번 본머스 체류 때의 이야기를 했고 루이도 브자르디의 입을 통해 그 이름을 들은 적이 있는 액스터란 사람을 화제에 올렸다.

"액스터가 누구죠?" 하고 루이가 이제부터 일행의 리더 격으로 믿게 된 남자에게 물었다.

"액스터 씨는 우리가 수업받을 학원의 원장이에요."

"수업이라구요?"

"네, 매일 아침마다요."

"'청소년 교류 협회'를 통해서 영국에 가는 것이 처음이세요?" 하고 푸른 눈에 갈색 머리를 한 여자가 물었다.

"네" 하고 루이가 말했다.

"곧 아시게 될 거예요. 아주 좋아요."

"시간이 된 것 같군요" 하고 머리를 스포츠형으로 짧게 깎고 입술이 두툼한 청년이 말했다.

르아브르행 열차가 벌써 기다리고 있었다. 짧은 머리의 청년이 개찰원에게 단체 승차권을 내밀었다.

"모두 몇 명이죠?"

"열두 명입니다."

개찰원은 그들이 플랫폼으로 나가는 동안 무심한 눈길로 숫자를 세었다.

"신문을 좀 사와도 될까요?" 하고 오딜이 물었다.

"빨리 해요." 머리를 짧게 깎은 청년이 말했다. "〈과학과 삶〉이 있거든 한 권 사다주세요."

"나도 같이 갈게" 하고 루이가 말했다.

그들은 빠른 걸음으로 걸어갔다. 플랫폼을 벗어나면서 그들은 개찰원에게 '청소년 교류 협회' 표지를 가리켜 보였다.

신문 판매대에서 루이는 〈엘르〉〈캉디드〉〈파리 마치〉〈파리 프레스〉〈과학과 삶〉을 샀다. 오딜은 가방 위에 올라앉아 기다리면서 점점 숫자가 불어난 사람들이 오가는 모습을 바라보고 있었다. 러시아워가 가까워지고 있었던 것이다. 오딜은 갑자기 가슴이 마구 고동치면서 거의 숨이 막힐 지경이 되었다. 뚱뚱한 금발 사내를 알아보았던 것이다. 그녀를 미끼로 이용했던 지난번 그 경찰관이었다. 그는 그녀의 옆을 스쳐지나 천천히 간이식당 입구 쪽을 향해 걸어갔다.

* * *

열차 두 칸이 '청소년 교류 협회'를 위해 이미 예약되어 있었다. 오딜과 루이는 복도 쪽 좌석에 서로 마주보고 앉았다. 오딜은 가방을 수하물용 그물 선반에 올려놓았고 루이는 푸른색 배낭을 손 닿는 곳 가까이에 놓아두었다. 오딜은 그 뚱뚱한 사내를 생각하자 덫에 걸린 기분이 되어 전신에 맥이 빠졌다. 전에 써낸 진술서도 있는데…… 저들은 그 진술서를 내 서류에 추가하겠지. 될 대로 되라지. 그러나 그 뚱뚱한 금발 사내는 벨륀의 아파트에서 내가 다녀간 자취를 발견해냈을 거야. 그곳에 '플로피디스크' 한 장과 벨륀이 디스크 재킷을 만들 때 필요하다면서 달라고 한 사진 몇 장을 두고 온 것 같으니 말이야…… 그런데 그 사내가 그 사건을 맡은 것이 아닐지도 모르잖아? 그렇지만 어쨌든 테른 대로, 로바로 호텔 앞에서 그를 본 적이 있으니……

루이는 다른 사람들에게 말을 하고 있었다. 그녀는 그들이 주고받는 말에 귀를 기울이다가 차츰 뚱뚱한 금발 사내 생각을 잊어버리게 되었다.

그녀의 옆에는 어떤 여자아이가 앉아 있었는데 열일곱이라고 했다. 맞춤옷 차림에 선글라스를 끼고 있었고 목소리가 심각했기 때문에 실제보다 더 나이 들어 보였다. 푸른 눈에 갈색 머리, 그리고 주름치마를 입은 또 한 여자아이가 루이의 오른쪽에 앉아 있었다. 얼굴이 통통한 여자아이가 한 명, 자신이 미남이라고 여기는 갈색 머리 남자아이가 한 명 더 있었다. 그 아이는 끊임없이 한쪽 손으로 머리카락을 쓸어넘기곤 했는데 문장紋章이 새겨진 반지를 끼고 있었다.

"그럼 당신들은요?" 하고 갈색 머리 남자아이가 오딜과 루이에게 물었다. "가족 주소를 갖고 있나요?"

그들은 그가 정확하게 무슨 이야기를 하는지 이해하지 못했다. 가족이라니? 아, 그것은 본머스에 체류하는 동안 '청소년 교류 협회' 회원들이 기거할 가정을 말하는 것이었다. 그러나 오딜과 루이는 그들 가족의 주소를 모르고 있었다.

* * *

르아브르에 도착한 그들은 그들을 태우고 갈 배가 도착할 때까지 부두에 있는 카페 테라스에서 기다렸다. 주크박스에서 이탈리아 노래가 흘러나오고 있었고 노래의 낭랑한 가사가 시멘트와 안개가 뒤섞인 풍경 속에 끈끈하게 엉겨붙고 있었다.

배가 부두에 정박하고 있었다. 스포츠형으로 머리를 짧게 깎은 청년이 오딜과 루이에게 배 이름은 노르마니아호이며 사우샘프턴에 도착하자면 밤새도록 가야 한다고 설명해주었다.

세관 사무실은 일종의 작은 창고 같은 데 있었다. 머리를 짧게 깎은 청년이 일행의 여권을 한데 모았다. 오딜은 자기 것을 그에게 맡기면서 문득 뚱뚱한 금발 사내를 머릿속에 떠올렸다.

세관원이 나란히 늘어놓은 여권들에 스탬프를 찍은 후 이미 그를 알고 있는 듯한 '청소년 교류 협회' 리더에게 돌려주었다.

"오늘 저녁에 승객이 많은가요?"

"꽤 많아요" 하고 세관원이 말했다. "부활절 휴가거든요. 보세요……"

열다섯 살에서 스무 살 사이의 젊은이들이 노르마니아호의 갑판 위에 엉켜 있었다. 어떤 이들은 함께 합창을 하기도 했다. '청소년 교류 협회' 회원들이 모두 다 배에 오르고 나자 이제 그 혼잡을 뚫고 거의 앞으로 나갈 수도 없을 지경이 되었다. 머리를 짧게 깎은 청년이 한쪽 손을 흔들면서 다른 쪽 손으로 루이의 손목을 꽉 잡고 있었다.

"서로 눈을 떼지 말고 잘 보고 있도록 해요…… 큰 살롱에서 만나는 거예요. 표지가 떨어지지 않도록 잘 붙이고 있어야 됩니다…… 그래요…… 그래요…… 특히 표지를…… 제발…… 떨어지지 않도록……"

그 가엾은 청년은 '청소년 교류 협회' 회원들이 그 많은 군중 속에서 뿔뿔이 흩어져버리지나 않을까 걱정이 되어 잔뜩 겁에 질려 있었다. 지금까지는 사냥개가 짖어대는 소리같이 들리던 그의 목소리가 자칫하면 울음소리로 변해버릴 것만 같은 한계에 이르렀다.

* * *

해가 져서 어두워지고 난 뒤로도 한참이 지나서야 노르마니아호는 출범 준비를 했다. 오딜과 루이는 뱃전에 몸을 기댄 채 르아브르의 불빛들이 멀어져가는 것을 바라보고 있었다. 루이는 여전히 푸른색 배낭을 등에 메고 있었고 오딜은 작은 가방을 다리 사이에 꼭 끼고 있었다. 그들 옆에서는 여남은 명쯤 되는 젊은이들이 각기 검은색 우단으로 만든 큼직한 베레모를 쓰고서 미풍이 불어오는 쪽을 향해 어떤 알지 못할 나라말로 된 슬픈 노래를 부르고 있었다. 그들은 번갈아가며 부르다 후렴을 합창했고 오딜과 루이는 이해할 수는 없지만 선율이 풍부한 그 노랫말에 마음을 실은 채 귀를 기울였다.

곧 갑판 위에는 사람의 그림자가 하나도 보이지 않게 되었다. 그들 두 사람 중 어느 한쪽도 싸늘한 공기를 의식하지 못하고 있었다. 배를 타고 여행하는 것은 이번이 처음이었다. 그들은 뱃머리까지 걸어가 계단을 내려갔다. 그리고 사람들이 작은 무리를 이루어 바닥에 앉은 채 이야기를 주고받거나 카드놀이를 하고 있는 통로를 따라갔다. 좀더 걸어가니 철판을 댄 카운터 주위로 사람들이 잔뜩 몰려들어 샌드위치나 따뜻한 음료를 사려고 애를 쓰는 모습이 보였다. 그들은 마침내 일행의 리더가 '살롱'이라고 칭했던 곳에 이르렀다. 바닥에 고정시켜 움직이지 않게 해놓은 안락의자나 소파들이 있고 나무판자로 된 벽에 기차 객실을 장식할 법한 풍경 사진들이 붙어 있는 그 방은 오히려 호텔이나 극장 흡연실 같은 인상을 주었다. 양쪽으로는 두 개의 현창이 나 있고 그 중 한 현창 앞에는 브리지 게임을 하는 탁자가 놓여 있었다.

입구에서부터 파이프 담배와 갈색 궐련 냄새에 목이 콱 막혔다. 그곳에도 역시 여객들이 바닥에 잔뜩 늘어앉아 있었다. 심지어 어떤 사람들은 침낭 속에 들어가 잠을 자고 있었다. '청소년 교류 협회' 사람들은 안락의자 하나와 소파 하나에 다닥다닥 붙어앉아 있었다. 머리를 짧게 깎은 리더가 루이와 오딜에게 팔을 흔들면서 신호를 했다. 루이는 오딜의 가방을 어깨에 들쳐멨고, 두 사람은 바닥에 드러누워 있는 사람들, 책상다리를 하고 앉아 있는 사람들 사이를 헤치고 나아갔다. 브리지 게임 탁자 옆에서는 우단 베레모를 쓴 낯선 사람 셋이서 나직한 목소리로 노래를 부르고 있었다.

"당신들이 길을 잃어버린 줄 알았어요" 하고 일행의 리더가 말했다. "여기 앉아요. 뭣 때문에 가방을 짊어지고 다니죠? 바보같이…… 우리 짐과 함께 그냥 놔두면 되는데……"

루이는 대답 대신 어깨를 으쓱했다. 그는 바닥에 앉아 등을 소파 팔걸이에 기댔고 오딜은 소파에 자리잡았다.

"서로 그냥 이름을 부르고 지내도록 해요" 하고 그가 말했다.

"내 이름은 질베르예요."

그는 푸른 눈에 갈색 머리, 주름치마 차림의 여자아이와 문장이 새겨진 반지를 낀 남자아이를 소개했다.

"프랑수아즈, 그리고 알랭……"

그리고 다른 사람들도 소개했다.

"마리조, 클로드, 크리스티앙……"

루이와 오딜도 자기들 차례가 오자 이름을 말했다.

"서로 남매간인가요?" 하고 질베르가 물었다.

"아뇨, 사촌간이에요" 하고 루이가 망설이지도 않고 대답했다.

배가 요동을 하기 시작했다. 정도가 점점 심해졌다.

"뱃멀미를 하지 말아야 할 텐데" 하고 질베르가 말했다. "대개는 오래 계속되지 않지만…… 뱃길이 이만하면 잔잔한 편이죠."

그는 주머니에서 파이프를 꺼냈다.

"내겐 뱃멀미에 아주 좋은 처방이 있어요. 파이프 담배예요…… 액스터하고 나는 서로 마음이 잘 맞아요, 그 사람 역시 대단한 골초거든요."

오딜은 몸을 쪼그린 채 두 눈을 감고 소파 등받이에 뺨을 얹었다. 질베르는 파이프에 불을 붙였다. 스포츠형으로 짧게 깎은 머리와 두툼한 입술 때문에 그는 모범생 같은 인상을 풍겼다. 루이는 짧은 반바지를 입고 교실 맨 앞줄에 앉아서 선생님이 질문을 할 때마다 손을 들면서 "선생님, 선생님!" 하고 소리치는 그를 상상해보았다.

안락의자 위에선 문장이 새겨진 반지를 낀 갈색 머리가 실제보다 나이 들어 보이던 그 마리조란 아이에게 수작을 붙이고 있었다. 그는 그 여자아이와 끊임없이 키스를 했다. 팔을 안쪽으로 굽혀 여자아이의 목을 끌어당기고 있었는데, 루이가 보기에도 손목시계를 슬쩍슬쩍 곁눈질하는 것이 아무래도 키스를 얼마 동안이나 할 수 있는지 시간을 재는 게 아닌가 싶었다.

"한 모금 빨지 않겠어요?" 하고 질베르가 말했다.

그러고 루이에게 자기 파이프를 내밀었다. 루이는 사양했다.

"당신 사촌은 잠이 들었군요" 하고 질베르가 오딜을 가리키며 말했다.

배가 점점 더 거세게 흔들렸다. 소파 발치에 놓아둔 오딜의 가방이 약간 미끄러지자 루이가 그것을 붙잡았다. 그는 푸른색 배낭을 다시 등에 지고 있었다.

"불편하지 않아요, 그 배낭?" 하고 질베르가 물었다.

"아뇨" 하고 루이가 말했다. "습관인걸요……"

갈색 머리와 마리조는 여전히 키스를 해대고 있었다. 회원들 사이에는 또다른 일시적 연애 감정들도 생겨나고 있었다. 뺨이 통통한 여자아이는 알제리 억양이 섞인 프랑스어를 하는 붉은 머리 땅꼬마 녀석과 손을 잡고 있었다. 푸른 눈, 갈색 머리에 주름치마를 입은 여자아이는 갈색 머리 남자아이가 품에 꼭 껴안고 있는 마리조가 상당히 부러운 눈치였다.

"곤란한 점은 이 사람들이 영어를 배울 생각을 통 안 한다는 거예요. 액스터한테도 그 얘기를 했어요. 정말 형편없는 친구들이에요. 당신하고 사촌 되시는 분은 적어도 모범을 보여주고 있어요. 아주 훌륭하세요."

브리지 게임을 하는 탁자 옆에서 알 수 없는 노래를 부르고 있던 사람들 중 한 명은 멀미를 심하게 하는지 여차하면 자신의 커다란 우단 베레모에다가 토할 준비를 하고 있었다.

"사우샘프턴에는 아침 일곱시경에 도착하게 될 거예요" 하고 질베르가 파이프를 잇새에 문 채 말했다.

그러나 그의 입술이 어찌나 두툼한지 오직 입술로만 파이프를 지탱하고 있는 것처럼 보였다.

오딜이 눈을 뜨더니 여전히 잠에 취한 얼굴로 루이를 바라보았다. 그 순간 전등 불빛이 약해지면서 가물가물하더니 그만 꺼져버렸다. 어처구니없다는 듯 외치는 소리가 들렸다. 어떤 사람 하나가 남프랑스 억양이 짙은 목소리로 소리쳤다.

"영국 여왕 엿이나 먹어라!"

웃음소리가 터졌다. 떠들썩한 말소리. 딸꾹질 소리. 우단 베레모를 쓴 그 합창단원 중 한 사람일 거라고 루이는 생각했다. 여러 사람의 목소리가 다 같이 합창으로 소리쳤다.

"불 들어와라, 불! 불 들어와라, 불!"

몇 사람이 라이터 불을 켰다. 루이는 오딜에게 가까이 다가갔다.

"잠이나 자자……" 하고 그가 오딜의 귀에다 대고 말했다.

그는 오딜의 가방을 집어들었고 두 사람은 서로 뒤엉켜 있는 사람들의 몸을 가능한 건드리지 않도록 피해가면서 '살롱'을 나섰다. 뿌연 빛이 좁은 통로로부터 비쳐들고 있었다.

그들은 마침내 선실 쪽으로 가는 길을 찾아냈다. 루이는 자기들 선실 번호를 알기 위해 주머니에서 승선권을 꺼냈다. 두 사람분의 침대권. 그들은 침상에 가서 누웠다. 루이는 자신의 배낭과 오딜의 가방을 꼭 끌어안으면서 오딜과 자신이 파리에서 브로시에가 따로 예약해준 선실을 사용하고 있다는 사실을 알면 그 리더가 어떤 얼굴을 할지 생각해보았다. 이 사촌 남녀가 '청소년 교류 협회' 사람들과 다 같이 살롱에서 자고 있지 않다는 사실 때문에 질베르는 필시 큰 충격을 받을 것이었다.

* * *

모든 것이 뿌연 안개 속에서 부유하고 있었다. 노르마니아호에서 내리자 그들은 영국 세관을 통과했고, 질베르는 부두에서 기다리고 있는 버스로 그들을 데리고 갔다.

버스 저 안쪽에서 어떤 남자가 질베르에게 다가왔다.

"어떻게 지내셨어요, 액스터 씨?"

"잘 지냈어요. 당신은? 여행은 즐거웠어요?"

그는 낯선 억양이 아주 조금 섞인 프랑스어로 말을 했다. 곱슬곱슬한 갈색 머리에 나이는 오십쯤 되어 보였는데 자개를 박은 굵은 테 안경을 쓰고 불그레한 트위드 재킷 차림에 파이프를 물고 있었다.

일행은 버스 앞쪽에 앉았고 오딜과 루이는 약간 뒤쪽에 앉았다. 액스터가 근심스러운 시선으로 모두를 훑어보았다.

"질베르, 그런데 혹시 이 그룹에…… 루이 메믈링이란 사람이 있나요?"

"루이? 루이라…… 아, 있어요…… 사촌간이라는."

그는 루이와 오딜을 가리켜 보였다.

액스터가 그들에게 미소를 지었다.

"미셸 액스터예요" 하고 그가 말했다. "만나게 되어 반가워요."

마이클이라는 이름을 프랑스식으로 고친 걸 보아 멋을 내고 싶어하는 이라는 것을 눈치챌 수 있었다. 그는 루이와 오딜에게 차례로 악수를 청한 다음 그들 앞좌석에 자리를 잡더니 고개를 돌려 그들을 바라보았다.

"롤랑 드 브자르디가 어제저녁 전화를 걸어 두 분이 도착한다고 알려주더군요. 나하곤 아주 친하게 지내는 좋은 친구랍니다."

그는 어색한 미소를 지어 보이면서 파이프에 담배를 눌러 담았다. 질베르는 액스터, 루이, 그리고 오딜 사이에 생긴 그 돌연한 친밀감이 뜻밖이어서 놀랐다는 듯 약간 머쓱해진 채 떨어져 앉아 있었다. 어쩌면 소외된 기분 때문에 언짢아하는 것인지도 몰랐다.

"젊은 시절 친구라고 말할 수 있겠죠, 롤랑하고 나는 말입니다……"

이번에는 액스터의 얼굴에 미소가 환하게 퍼졌다. 질베르는 점점 더 놀라워하면서 좀 신경질적인 동작으로 자신의 파이프를 꺼냈다. 마치 그런 행동을 통해서 액스터에게 자기의 존재를 상기시키고, 자기들 두 사람 사이에 예전 같은 친밀함을 되살려놓으려는 듯이. 그는 심지어 이런 말을 던져보기까지 했다.

"액스터 씨께선 여전히 암스테르담산 담배를 애용하시는군요?"

그러나 액스터는 그 말을 귀담아듣지 않았다. 그는 오딜과 루이 쪽으로 몸을 숙였다.

"두 분을 우리 본머스 학원에 모시게 된 것이 여간 기쁘지 않습니다……"

그러고 나서 그는 검지손가락으로 인원 수를 세었다.

"모두 다 탔나요?"

"모두 다 탔습니다, 액스터 씨" 하고 질베르가 말했다.

"그럼, 기사한테 알리세요."

버스가 움직였고 질베르는 얼른 액스터, 오딜, 그리고 루이와 가까운 곳으로 와 앉았다. 자리를 비운 사이에 자기 욕이나 하지 않을까 염려되는 모양이었다.

"오래 걸리지 않을 겁니다…… 본머스는 아주 가까우니까요" 하고 액스터가 말했다.

"참, 부인께서는 어떻게 지내시나요?" 하고 질베르가 액스터의 주목을 끌어보려고 절망적으로 애를 쓰면서 물었다.

그러나 액스터는 벌써 신문 한 장을 펴들고는 정신을 집중하며 읽고 있었다.

차창 뒤로 모든 것이 희고 빛나는 안개 속으로 사라져가고 있었고, 루이는 버스 기사가 도대체 무슨 신기한 재주로 길을 찾아가는 것인지 의아할 뿐이었다.

* * *

본머스에 도착하기 얼마 앞서 해가 다시 났다. 그걸 보자 액스터가 말했다.

"그것 보세요. 본머스에서는 항상 해가 환하다구요."

그러자 대화에 끼어들 희망을 여전히 버리지 않고 있던 질베르가 말했다.

"꼭 지중해 지방 풍토 같군요. 소나무도 많고 꽃도 많고, 자주 말씀하셨듯이 과연 본머스는 도싯의 칸입니다."

그런 아첨의 말은 헛수고가 되고 말았다. 액스터가 어깨를 으쓱해버렸으니 말이다.

그는 주머니에서 명단을 적은 종이를 꺼내더니 오딜과 루이 쪽으로 몸을 돌렸다.

"이 젊은이들을 그들을 맡아줄 가정에다가 한 사람씩 부려놓을 겁니다. 오래 걸리진 않아요."

"크라이스트처치에 다 와가고 있습니다, 선생님" 하고 질베르가 손님들에게 찾기 어려운 소로를 가리켜주는 밀림 속의 가이드 같은 어조로 심각하게 말했다.

액스터가 명단을 들여다보았다.

"크라이스트처치에 내리는 사람이 있군요. 길포드 씨네로 가는 마리조제 킬리니…… 메릴 레인 23번지…… 기사한테 메릴 레인 23번지에 세우라고 하세요."

질베르가 시키는 대로 했다.

매번 똑같은 절차가 진행되었다. 버스는 일러준 주소에 가서 멈췄다. 소박하고 우아한 시골집이거나 정원이 딸린 아담한 별장식 가옥이었다. 가족들이 기다리고 있었는데, 어머니와 아이들이 현관에, 아버지는 정원 철책을 열어놓고 그 앞 보도에 서 있었다. 한결같이 빳빳한 차려 자세였다. 액스터가 일행의 남자아이나 여자아이와 함께 내려 그들을 가장인 아버지에게 소개했다. 한편 질베르는 내린 학생의 가방을 들고 뒤따라 내렸다. 그러고 나면 그곳 아버지, 액스터, 그리고 '청소년 교류 협회'의 학생은 현관으로 이동해 집안 식구들과 간단한 대화를 나누었고 질베르는 짐을 내려놓았다. 그다음 그 아버지가 액스터와 질베르를 버스까지 다시 배웅했다. '청소년 교류 협회' 회원인 학생은 가정의 어머니, 그리고 아이들과 함께 현관에 가만히 서 있다가 또다시 얼어붙은 듯한 자세로 다 같이 버스가 떠나는 뒷모습을 바라보았다.

이제 버스에 남은 사람은 액스터, 질베르, 오딜, 그리고 루이뿐이었다. 질베르는 점점 더 안절부절못하고 있었다.

"당신은 작년과 마찬가지로 크로스 로드에 있는 그때 그 가정에 배정했어요" 하고 액스터가 말했다.

"감사합니다. 그리되면 선생님 계신 곳 가까이 있게 되니……"

질베르가 잠시 망설이더니 허둥대는 어조로 오딜과 루이를 가리키면서 물었다.

"이 두 사람은 어느 가정으로 가는 거지요?"

"나하고 같이 학원에서 묵어요."

질베르의 눈이 휘둥그레졌다.

"선생님 댁에요?"

누가 봤으면 주먹으로 복부라도 한 대 얻어맞은 줄 알았을 것이다. 그의 얼굴이 형편없이 일그러졌고 두 입술은 마치 압축공기가 터질 듯이 팽창한 것처럼 더욱 크게 부풀어올랐다.

"선생님 댁이라니, 왜요?"

"그냥…… 왜 이상한가요?"

버스가 크로스 로드에 있는 어떤 시골집 앞에 멈추었다. 정원은 하얀 철책으로 둘려 있었다.

"다 왔어요, 질베르……"

질베르는 시간을 지연시키면서 꼼짝도 하지 않았다. 액스터가 가방을 들었다. 그제야 아쉽다는 듯이 질베르가 자리에서 일어섰다.

"저 사람들은 재수가 좋군요. 선생님 댁에 머물 수 있게 되었으니" 하고 그가 휘파람 소리를 내면서 빈정댔다.

액스터는 가방을 정원 입구에다 내려놓고 질베르와 악수를 한

다음 오딜과 루이가 타고 있는 버스로 되돌아왔다.

질베르는 가방 따위는 거들떠보지도 않은 채 그 아담한 집 앞에서 미동도 하지 않고 서 있었다. 그의 얼굴은 불안할 정도로 창백했다. 그는 부푼 두 입술이 뒤집힌 듯이 보일 만큼 골이 난 표정으로 버스가 다시 출발할 때까지 오딜과 루이를 뚫어지게 바라보았다. 그 시선에서 느껴지는 미움과 선망의 감정에 루이는 몹시 놀랐다.

"마음씨가 나쁜 친구는 아네요. 그렇지만 좀 끈적끈적 달라붙는 편이라서" 하고 액스터가 말했다.

* * *

짧게 깎은 잔디밭과 우거진 만병초 무더기를 따라 모래 깔린 소로가 꼬불꼬불 뻗어간 끝에, 작은 종루가 굽어보는 앵글로노르만 양식의 큰 별장식 저택이 나타났다. 현관문 위에 걸린 흰 대리석 판에 '보스컴 학원'이라고 새겨져 있었다.

"다 왔습니다" 하고 액스터가 말했다. "방을 보여드리죠."

그들은 어떤 복도를 가로질러갔다. 여러 개의 문이 차례로 열리면서 교실들이 들여다보였다.

"여기서 수업을 받게 됩니다" 하고 액스터가 말했다. "매일 아침에요…… 물론 두 분께 억지로 수업을 받으라고는 하지 않겠습니다만……"

그는 오딜과 루이에게 눈을 끔뻑해 보였다. 영국 사람한테서 그런 행동을 본다는 것은 의외였다.

그들은 계단을 올라 사층까지 갔다. 액스터가 어떤 문을 열었다. 그들은 또다시 복도를 따라가다가 고미다락 같은 어느 방으로 들어갔다. 벽이 하얗고 가구라곤 아무것도 없었다. 마룻바닥에 매트리스를 깔고 핑크빛 나는 시트와 거친 모직 담요를 덮어놓았을 뿐이었다.

"여기에 욕실이 있어요" 하고 액스터가 말했다.

불투명 유리로 막은 작은 공간에 세면대와 샤워 시설을 갖추어놓은 곳이었다.

"편하게 지낼 수 있을 거예요. 바로 얼마 전 새로 꾸민 방이거든요."

그는 오딜의 가방과 루이의 배낭을 집어들더니 벽장문을 열고 그들의 옷가지를 선반에 가지런히 챙겨넣기 시작했다. 루이가 그를 제지하려고 했다.

"아니, 아니…… 저기……"

오딜과 루이는 놀란 시선을 주고받았다. 액스터는 셔츠, 스웨터, 재킷, 바지 등을 완벽하게 가지런히 정돈해놓았다.

"재미있네요, 트리니티 칼리지 다닐 때 생각도 나고."

모든 것을 다 정리하고 나자 그는 더할 나위 없이 자연스러운 동작으로 배낭과 가방에 들어 있던 돈다발을 꺼냈다.

그는 손수건처럼 접어서 주머니 속에 넣어 가지고 있었던 커다란 녹색 비닐봉지를 하나 꺼내더니 돈다발을 그 속에 차례차례 밀어넣었다. 그는 오딜과 루이를 돌아다보았다.

"자, 그럼 롤랑 브자르디에게 전화를 걸어서 모든 일이 다 잘 되었다고 말해도 되겠군요."

전화는 복도 벽에 부착되어 있었다. 액스터는 영어로 말했다. 아마도 브자르디가 그에게 어떤 지시들을 하는 것 같았는데 그때마다 그는 고개를 끄덕끄덕했다.

"Cheerio*, 롤랑…… And my regards to Nicole**……"

그러고 나서 그는 수화기를 루이에게 건넸다.

"영어를 잘 배워두도록 해요" 하고 브자르디가 그에게 말했다. "생활하는 데 언제든 써먹을 때가 있을 테니까."

* * *

---

* 'goodbye'를 뜻하는 영국식 영어.

** '니콜에게도 안부 전해줘'라는 뜻.

아침 아홉시경, 그들은 정원을 가로질러가는 학생들 목소리에 잠이 깼다. 보스컴 학원에 다니는 이 남녀 학생들은 오십 명이 넘었다. 루이가 보니, 그중에는 턱을 쳐들고 파이프를 문 질베르도 있었다. 스코틀랜드 킬트 치마와 터틀넥 셔츠를 입은 그는 이 그룹 저 그룹으로 왔다갔다하고 있었다.

오딜과 루이는 기꺼이 수업에 참여하고 싶었지만, 그러자면 아침에 일찍 일어나야 했고, 또 보스컴 학원에서 영어를 배우는 학생들은 그들과 얼추 비슷한 또래 같아도 왠지 낯설게만 여겨졌다. 그들에게 무슨 말을 한단 말인가? 아무 할말이 없었다. 그들은 서로 관심사가 달랐다. 휴식 시간을 알리는 종이 세 번 쳤다. 젊은이들이 잔디밭 위로 흩어졌다. 거기서 쌍쌍의 남녀들은 키스하는 시간을 시계로 재기라도 하듯 열심히 입을 맞추고 있었다. 행복하고 단정하고 자신만만한 청소년들이었다. 액스터는 보스컴의 수업료를 아주 비싸게 받고 있었다. 그의 고객들은 파리의 7구나 16구, 아니면 적어도 알제리 출신의 부유한 프랑스인 가정에서 모집한 학생들이었다.

루이와 오딜 두 사람은 서로 꼭 껴안고 침대에 누운 채, 영어 텍스트를 받아쓰도록 선생님이 심각한 목소리로 읽어주는 소리를 듣고 있었다. 그리고 더욱 먼 곳에서는 똑같은 노래를 끝도 없이 반복하고 있는 어떤 알 수 없는 아득한 합창 소리가 그들에게까지 들려오고 있었다.

* * *

그 여러 날 동안은 항상 날씨가 좋아서 오딜과 루이는 여러 번 보스컴 학원 식당에서 액스터와 같이 식사를 하곤 했다. 액스터는 자신이 요리를 하고 식탁에 음식을 차리고 또 치우는 일을 하면서도, 아내가 런던에 가서 며칠간 지내느라고 집에 없는 동안에 그런 일에 열중하는 것이 아주 즐거운 모양이었다. 보스컴 학원은 돌아가신 그의 부모가 옛날에 살던 저택인데 그가 학원으로 개조했다. 수많은 어린 시절의 추억들이 서려 있는 집을 그대로 유지할 수 있는 유일한 방법이었던 것이다.

그는 어디서 브자르드디를 알게 되었는가? 오, 아주 우연히 프랑스 여행중에 만났지요. 스물다섯 살 때였어요. 어떤 미국인 친구가, 뇌이 쪽 센 강에서 선상 레스토랑을 경영하는 롤랑을 그에게 소개해주었던 것이다. 그래 맞아, 그 '선상 레스토랑'이란 것이 아주 재미있었지. 그러나 루이는 브자르드디 이야기만 나오면 액스터가 어딘가 좀 난처해한다는 것을 느낄 수 있었다.

오후에 오딜과 루이는 함께 외출해 보스컴 칼리지 대로를 따라 걸었다. 길가에는 하얀 울타리를 두르고 녹색이 짙어 거의 검은 색으로 보이는 잡목림이 우거진 주택들이 늘어서 있었다. 이따금 소나무도 한 그루씩 눈에 띄었다. 그들은 상점이 몇 곳 모여 있는 피셔먼즈 워크 교차로에 이르곤 했다. 거기에는 찻집이 하나 있었는데, 천장은 높고 커다란 벽은 유리로 되어 있고 아주 조그마한 탁자들이 놓여 있어서, 들어가면 꼭 무슨 거대한 유리 온실 속에 들어간 듯 어리둥절해졌다. 비탈진 길의 끝은 바다였다.

해변이 내려다보이는 원형 교차로 한가운데 붉은색 전화박스 하나가 서 있었는데 안으로 들어가면 몇 센티미터 두께의 모래가 깔려 있었다. 그래도 전화기는 항상 사용 가능하고 전화번호부도 새것이었다. 어느 날 오후 루이는 브로시에에게 수신자 부담으로 전화를 걸었다. 그가 공중전화 번호를 알려주면 반시간 뒤에 저쪽에서 전화를 걸어오기로 되어 있었다. 인적 없이 황량한 풍경 속에서 전화벨이 울리자 루이는 깜짝 놀라 소스라쳤다. 여자의 목소리. 브로시에의 약혼녀 자클린 부아뱅이었다.

"장클로드를 바꿔드릴게요."

루이는 브로시에에게 언제까지 본머스에 체류할 수 있는지 물었다. 다음주까지라고 브로시에가 대답했다. 그 역시 자클린과 바캉스 준비를 하고 있다고도 했다. 어디서? 글쎄, 기숙사촌의 도이치 드 라 뫼르트에서 지내지 뭐. 유럽의 그 어느 해수욕장이

나 온천장 못지않으니까.

* * *

경사면에 풀들이 무더기무더기 돋아나 있는 모래언덕들. 그리고 그 모래언덕들 꼭대기에는, 가끔, 벤치가 하나. 그들은 그중 한 모래언덕 위에 옷을 벗어놓고 액스터가 빌려준 줄무늬 목욕가운을 걸쳐 입었다. 그들은 바다로 달려갔다. 물이 얼음같이 차가웠지만 그들은 내기에 이긴 셈이었다. 액스터가 그들에게 4월에 본머스에서 수영할 수 있거든 어디 한번 해보라고 말했었던 것이다.

그들은 두 개의 목욕가운을 둘둘 말아 해수욕 가방에 넣고 피셔먼즈 워크까지 걸어올라왔다. 바람이 상당히 거세게 불고 있었다. 그들은 그로그*를 한잔 마실 생각으로 거대한 온실만한 찻집으로 들어갔다.

그곳에 몇 달 동안 그냥 내처 머물면 어떨까? 액스터가 그들에게 조그만 호텔을 하나 구해주든가 아니면 계속해서 자기네 방

* 럼주에 뜨거운 물, 레몬즙, 설탕 등을 타서 마시는 음료로, 흔히 감기에 걸렸을 때 마신다.

에 재워줄 것도 같았다. 그들은 파리를 까맣게 잊고 있었다. 옆 테이블들에서 사람들이 외국어로 말하는 소리가 들리는 것이 기분좋았다. 이제 그들도 그 외국어를 배워 서로 말할 수 있게 될 것이다, 마치 새로운 삶을 시작하는 듯한 기분으로.

* * *

그들은 보스컴의 모래언덕들로 난 길의 끝에서 짙은 청색 트렌치코트를 입고 체크무늬 모자를 쓴 어떤 남자를 우연히 만났다. 남자는 그들에게 말을 걸었지만 그들은 그가 하는 말을 잘 이해할 수 없었다. 그는 그들에게 "프랑스 학생들"이냐고 물었다. 그렇다고 대답하자 그는 보라색 선이 그어진 신분증을 내밀어 보이면서 "디텍티브 시네마"라는 말을 여러 번 되풀이하여 말했다. 아마도 자신의 직업을 그들에게 알려주고 싶어하는 듯했다. 이윽고 그는 그들에게 무슨 표인가를 여남은 장 주었다. 여러 가지 영화를 볼 수 있는 공짜 표였다. 그들은 미처 그에게 고맙다는 말을 할 틈조차 없었다. 그는 벌써 저만치 멀어져가고 있었고 체격에 비해 너무 큰 트렌치코트 자락이 바람에 깃발처럼 펄럭였다.

영화관은 본머스 교외로 보스컴 학원과 상당히 가까운 크라이스트처치에 있었고 영화는 저녁 아홉시 반에 시작이었다. 그들은 스타워 강 위의 다리를 건너갔다. 강의 양쪽은 풀밭이었고 풀들은 석양을 받아 푸른빛을 띠고 있었다. 다리가 끝나는 곳의 물가에는 공원이 있고 야외 음악당, 공기총을 쏘고 슬롯머신 놀이를 할 수 있는 바라크, 간이식당들이 마련되어 있었다. 간이식당 앞 부교에는 낮 동안 빌려 탈 수 있는 보트들이 매여 있었다.

훗날 루이의 기억 속에서 그 공원, 강, 슬롯머신 소리들은 오딜의 라벤더 향수 냄새와 한데 뒤섞이게 되었다. 오딜은 보스컴 학원에 있는 그들의 방 벽장 속에서 그 향수병을 찾아냈다. 확성기에서 노래와 음악이 흘러나오고 있었다. 바라크 앞에는 검은색 가죽 재킷을 입은 '테디 보이'*들이 잔뜩 무리지어 있었다. 다리를 건너기 전부터 벌써 그들이 떠들고 웃어대는 소리가 들렸다.

중앙 간이식당의 어떤 테이블에 역시 검은색 가죽 상의를 입은 여자아이 하나가 혼자 앉아 있었다. 아일랜드 들창코에 붉은 머리였다. 목에는 이십여 개의 팔찌를 연결한 커다란 체인 목걸이를 걸고 있었다. 어느 날 저녁 그녀는 오딜과 루이에게 그 기념품들을 보여주었다. 거기에는 이름들이 새겨져 있었다. 장피

* 1950년대 영국 런던을 중심으로 자신들만의 복장을 하고 무리지어 다니던 반항적인 청소년들을 일컫는다.

에르, 크리스티앙, 클로드, 베르나르, 미셸…… 그 팔찌들은 원래 그녀가 밤에 본머스의 방파제 아래서 사랑을 했던 프랑스인들의 것이었다. 다른 사람들은, 테디 보이들은, 그녀에게 말도 걸지 않은 채 그녀를 페스트 환자 취급했다. 프랑스 남자들을 사랑한 것이 그녀의 잘못이란 말인가?

* * *

그들이 영화관에 들어갈 때 청색 트렌치코트를 입은 남자는 아주 빳빳한 자세로 매표구에 서 있었다. 그는 손전등을 들고 직접 그들을 자리로 안내하곤 했다. 영화관의 진갈색 나무 의자에 손님이 꽉 차는 적은 한 번도 없었다.

영화가 상영되는 동안 그 남자는 여전히 모자를 쓴 채 가운데 관람석 줄을 따라서 왔다갔다했다. 가끔 자리에 앉기도 했지만 매번 다른 자리였고 앉아서는 주위를 둘러보곤 했다. 영화가 끝나고 나면 그는 다시 매표소 앞에 가 서서 관람객 한 사람 한 사람을 빤히 쳐다보고 있다가 오딜과 루이에게 머리를 숙여 인사를 했다. 바로 그때 '디텍티브 시네마'라는 그의 일에 대해 물어보았어야 했는데 그들은 그 남자의 심각하고 걱정하는 듯한 표정 때문에 선뜻 나서지 못했다. 루이는 심지어 그에게, 표를 공짜로 준 데 대해 감사하는 뜻에서 선물을 줄 생각까지 했다.

그들은 액스터에게 '디텍티브 시네마'의 뜻이 무엇인지 물어보았다. 액스터는 자기는 전혀 아는 바가 없고 그런 직업군에 대해서는 금시초문이라고 했다.

* * *

그들이 보스컴으로 돌아올 때면 아래층 큰 창문에는 불이 켜져 있는 때가 많았다. 어느 날 저녁 그들이 정원을 가로지르는 것을 본 액스터가 그들이 계단을 올라갈 때 손짓을 하며 부르더니 한잔하자고 했다.

그들은 가죽 소파와 안락의자가 놓인 아주 널찍한 살롱으로 들어갔다. 양털로 짠 양탄자를 밟자 발이 푹신하게 빠지는 느낌이었다. 벽에는 사냥 장면을 그린 그림들이 걸려 있었는데 어떤 판화 한 장이 루이의 눈길을 끌었다. 한 가족이 합승마차 주위에 몰려 서 있고 마차 안에는 슬픈 얼굴의 소년이 타고 있었다. 그 그림의 제목은 〈학교로 떠나는 소년〉이었다.

"내 아내입니다" 하고 액스터가 말했다.

그녀는 소파에 다른 한 여자와 함께 앉아 있었다. 숱이 많은 금발에 엄격한 인상을 풍겼고 눈은 푸른색이었다. 액스터보다 훨씬 나이가 많아 보였다.

“이쪽은 오딜과 루이 메믈링이고.”

액스터는 항상 그들이 남매간인 것으로 생각하는 척했다.

“반갑습니다……” 하고 액스터의 아내는 프랑스어로 말했다.

그녀는 그들에게 건성으로 미소를 지었다.

“내 친구 해럴드 하워드의 부인도 소개하지요.”

하워드 부인은 그들에게 눈길을 주는 둥 마는 둥 했다. 그녀는 키가 액스터 부인만했고 갈색 머리를 아주 짧게 잘랐으며 얼굴은 남자처럼 각이 졌다. 그녀는 담배물부리를 연방 입에 물었다. 두 여자는 오딜과 루이에게는 전혀 신경을 쓰지 않은 채 하던 이야기를 계속하고 있었다. 여자들의 냉담한 태도 때문에 난처해진 액스터가 잔기침을 했다. 루이는 태연한 척하기 위해 판화를 들여다보았다.

“아름답네요……”

“그렇지만 슬프기도 하지요. 학업 때문에 떠나는 이 모습은. 안 그래요?” 하고 액스터가 말했다. “난 말이죠, 아직도 학교로 떠나야 하는 꿈을 꾸곤 한답니다…… 이 나이에 말이에요……”

“미셸은 말도 못하게 감상적이에요” 하고 그들의 등뒤에서 어떤 목소리가 거의 완벽한 프랑스어로 말했다.

그들은 그가 오는 소리를 듣지 못했으므로 세 사람이 다 고개를 돌렸다. 액스터가 반가운 미소를 지으며 그를 맞이했다.

"내 친구 해럴드 하워드를 소개하지요."

그는 붉은 머리에 얼굴엔 주근깨가 가득한 사람이었다. 몸집이 큰 편이었는데 암홍색 터틀넥 스웨터에다 올이 굵은 트위드 재킷을 받쳐 입고 통 넓은 녹색 벨벳 바지를 입고 있었다.

"하워드는 트리니티 칼리지 시절의 오랜 친구지요."

액스터는 그들을 두 여자가 이야기 나누고 있는 곳에서 가장 멀리 떨어진 구석으로 데리고 갔다. 하워드는 안락의자에 자리를 잡고 앉아 그 긴 두 다리를 창턱에 걸쳐놓았다.

액스터가 그에게 몸을 기울였다.

"가이 버지스한테서 엽서를 한 장 받았어" 하고 그가 나직한 목소리의 프랑스어로 말했다.

"가이가? 아니…… 그럴 수가!" 하워드는 소스라치게 놀랐다.

액스터는 마치 그 중요한 일을 두 여자가 알아선 안 된다는 듯이 그녀들 쪽으로 흘낏 눈길을 던졌다. 이윽고 그는 재킷 안주머니에서 엽서를 꺼내 하워드에게 내밀었다. 하워드는 마음이 혼란스러워진 표정으로 오랫동안 그 엽서를 들여다보았다.

"멋진 녀석! 거기선 행복하지 못할 거야……"

"가이는 항상 불행해지기를 원했다는 거 알잖아" 하고 액스터가 말했다.

감정이 북받친 하워드가 기계적인 동작으로 엽서를 루이에게 건네주었다. 모스크바에 있는 어떤 공원의 사진. 뒷면에는 간단한 몇 마디가 적혀 있었다.

정다운 마음을 보내며
가이로부터

루이는 엽서를 액스터에게 돌려주었고 액스터는 그것을 주머니 속 깊숙이 넣었다. 여러 해가 지난 후 '서니 홈'에서 루이는 버지스와 그의 친구들이 겪은 모험 이야기를 읽었는데 그 가이 버지스라는 이름만 들어도 그의 머릿속에는 본머스의 모든 분위기, 만병초, 보스컴의 해변, 담쟁이덩굴의 서늘함, '디텍티브 시네마', 오딜이 뿌린 라벤더 향수 같은 것들이 되살아나곤 했다.

"가이의 건강을 축원하는 뜻에서 한잔해야지" 하고 액스터가 말했다. "What is your poison?"

"뭘로 드시겠느냐는 뜻입니다" 하고 하워드가 말했다.

그러나 액스터는 아주 작은 잔들에다 자동적으로 어떤 술을 따랐다. 해럴드 하워드의 스웨터와 잘 어울리는 자홍색 술이었다.

"가이의 건강을 위하여!" 액스터가 심각한 어조로 말했다.

"가이의 건강을 위하여!" 오딜이 웃으면서 되받아 말했다.

"옛 친구 가이를 위하여!" 하워드가 말했다.

그들은 술잔을 부딪쳤다.

"가이는 다트머스와 케임브리지 시절 우리의 대선배였어요" 하고 액스터가 말했다.

하워드는 상냥하게 미소를 지으며 오딜과 루이를 바라보았다.

"그래, 두 분은 무슨 일을 하고 계신가요?"

"별로 하는 게 없습니다."

"인생살이에서 좋지 못한 짓을 하기에는 아직 너무 젊은 사람들이지" 하고 액스터가 말했다.

오딜이 깔깔대며 웃었다.

"좋은 짓을 하기에도 그렇죠."

액스터와 하워드가 거의 똑같은 동작으로 각자의 주머니에서 파이프를 꺼냈다. 액스터는 자기의 것에 담배를 채워넣었지만 하워드는 여전히 오딜과 루이를 뚫어지게 쳐다보고 있었다.

"그래요…… 정말 그래요……" 하고 액스터가 생각에 잠긴 듯한 목소리로 말했다. "두 사람은 아직 어린애들이에요……"

램프의 불빛이 오딜과 루이를 강하게 비추고 있었고 두 사람은 소파에 매우 가깝게 붙어앉아 있었다. 하워드와 액스터는 그들을 물끄러미 바라보았다. 마치 나비 수집가가 천 위에 핀으로 고정시켜놓은 두 마리의 나비를 가만히 들여다보는 것 같았다.

이제 하워드와 액스터는 각기 파이프를 입에 물고 있었다. 살롱의 다른 쪽 끝에서 이야기를 나누고 있는 두 여자의 소곤거리는 소리가 들릴락 말락 했다. 아마도 두 남자는 옛날 트리니티 칼리지 시절 그들의 방에서 늘 그랬듯이, 아내들이 멀찍이 있을 때를 이용하여 긴장을 풀고 느긋이 쉬는 모양이었다. 액스터는 셔츠 깃 단추를 풀어놓은 채 안락의자의 팔걸이 위로 한쪽 다리를 걸쳐놓고 있었다. 해럴드 하워드는 계속해서 두 다리를 창턱에 얹어놓고 있어서 너무 큰 베이지색 털양말이 발목 위로 천천히 흘러내리고 있었다.

"두 분은 영국 구경을 좀 해야지요. 원하신다면 마이클과 내가 같이 한 바퀴 돌고 올 수도 있어요" 하고 하워드가 말했다. "안 그래, 마이클? 케임브리지 구경을 시켜드릴 수도 있고……"

"기꺼이 하지. 그렇지만 저분들은 이제 프랑스로 돌아가야 되는걸……"

그렇다. 그들은 그 다음다음 날 떠나기로 되어 있었다. 루이는 마음이 혼란스러워졌다. 파리에 돌아가서 뭘 하고 지낼 것인가? 그는 그 두 영국 사람에게 마음을 털어놓고 조언을 듣고 싶었다. 한 번도 누가 그들, 오딜과 루이에게 조언을 들려준 적이 없었다. 그들은 이 세상에서 늘 그들 자신들뿐이었다.

"정말 그래요? 떠나야 되나요?" 하고 하워드가 물었다.

그러고 그는 약간 신경질적으로 자신의 구두 뒤축에 파이프를 탁 쳐서 속을 비웠다.

"왜 떠나야 하는 거죠?"

루이는 하워드의 눈길 속으로 스쳐지나가는 어린애 같은 실망, 그리고 동시에 느껴지는 어떤 불안과 애정에 적잖이 놀랐다. 그런 것은 어깨가 떡 벌어진 그의 몸집이라든가 꺼슬꺼슬한 트위드 재킷, 골이 진 벨벳 바지, 그의 몸을 휩싸고 있는 매캐한 파이프 담배 냄새 등과는 이상하게도 잘 어울리지 않는 것이었다.

* * *

액스터는 루이와 오딜을 마중 나올 때 타고 왔었던 버스로 그들을 사우샘프턴까지 바래다주었다. 세 사람이 다 같이 텅 빈 버스 안쪽에 앉아서 말이 없었다. 액스터는 생각에 잠긴 듯 파이프 담배만 피우고 있었다. 날씨가 음산했다.

버스가 세관 창고 앞 승선 부두에 섰다. 액스터가 그들의 짐을 들고 가서 몸소 세관 관리들 앞에 놓았다. 루이와 오딜이 노르마니아호에 오르려고 할 때 액스터가 루이의 어깨를 잡았다.

"그렇지만 롤랑과는 신중하게 생각해서 상대하는 게 좋아요. 너무 끌려 다니지 않도록 해요. 멋진 친구긴 하지만, 그래도 좀…… 좀……"

그는 적당한 표현을 찾고 있었다.

"뭐랄까 좀 모험가적인 면이……"

그들은 출발을 기다리는 동안 뱃전에 팔을 기댔다. 액스터는 버스 계단 위에 서서 파이프를 입에 문 채 두 팔을 흔들며 그들에게 커다란 몸짓으로 작별 인사를 보내고 있었다.

* * *

브자르디와 니콜 하스가 르아브르의 세관 출구에서 그들을 기다리고 있었다. 저녁 일곱시가 가까워지고 있었고 어둠이 내렸다.

"여행 잘했어요?" 하고 브자르디가 생기 없는 목소리로 물었다.

니콜 하스는 아무 말도 하지 않은 채 그들에게 미소를 지었다. 그들은 둘 다 브자르디의 자동차 뒷좌석에 자리를 잡았다. 브자르디가 핸들을 잡았고 니콜 하스는 그 옆자리에 앉았다.

그는 빠른 속도로 차를 몰았는데 신경이 날카로워진 상태인 것 같았다. 니콜 하스와 그는 금방 다투고 난 사람들처럼 아무 말도 주고받지 않았다. 브자르디는 라디오의 채널을 돌리고 이따금씩 볼륨을 높이곤 했다.

"그래 롤랑, 결정을 했나요?" 하고 니콜 하스가 물었다.

"모르겠어, 코코…… 베르뇌유 여인숙이 어떨까? 어떻게 생각해?"

그녀는 아무 대답도 하지 않았다. 브자르디는 오딜과 루이 쪽을 돌아다보았다.

"여행을 하느라 두 사람 다 몹시 피곤할 거예요. 세 시간이나 더 차를 타야 한다는 건 바보 같은 일이라구요. 여인숙이라도 하나 찾아 쉬도록 하죠. 곧장 파리로 돌아가는 쪽이 더 낫다고 생각한다면 할 수 없겠지만……"

아무 대답도 하지 않은 채 루이는 오딜의 손을 꼭 쥐었다. 그들은 자기들이 할말은 아무것도 없다는 것을 똑똑히 느낄 수 있었다. 그리고 어쨌건 브자르디가 라디오의 볼륨을 더욱 높였다.

* * *

그들은 저녁식사를 했다. 니콜 하스가 손님도 없고 썰렁한 여인숙의 큰 식당으로 들어가는 건 싫다고 해서 브자르디는 바 가까운 곳의 테이블을 골랐다.

그녀는 브자르디에겐 토라진 것이 분명했지만 오딜과 루이에게는 아주 다정하게 굴었다.

"그래, 액스터는요? 잘 지내나요?" 하고 브자르디가 물었다.

"액스터에 대해서 어떻게 생각해요?" 하고 바로 니콜 하스가 물었다. 마치 브자르디에게는 대답하지 말고 자기가 묻는 말에만 대답해주기를 바라는 것 같았다.

"아주 호감이 가요" 하고 루이가 말했다. "그분을 처음 알게 된 게 뇌이에서 선상 레스토랑을 경영할 때라면서요?"

"그런 얘기도 하던가요?" 하고 브자르디가 난처한 표정이 되면서 말했다.

"당신한테 배가 있어요, 롤랑?" 하고 니콜 하스가 빈정거리는 듯이 물었다. "당신한테? 배가?"

"아니…… 브로시에하고 같이 배 위에 레스토랑을 차렸었어" 하고 브자르디가 말했다. "불로뉴 숲 근처였지……"

"그럼 배는? 그 배는 어떻게 했어요?"

"그 배는 프랑스관광클럽 소유였어" 하고 화가 난 표정으로 브자르디가 말했다.

"당신이 그 배에 탄 모습을 내가 봤으면 좋았을 텐데…… 해군 제독 모자를 썼었나요?"

니콜은 그렇게 말하고는 전에 파리에서 루이에게 그토록 놀랍게 보였던 그 지포 라이터를 켜 그때와 똑같이 나른한 몸짓으로 담배에 불을 붙였다.

"액스터는 진짜 영국인이죠" 하고 그녀가 말했다. "그이 부인도 봤어요?"

"네."

"꼭 그 사람 어머니쯤 되는 것 같죠, 안 그래요?"

"그렇지만 두 사람 나이는 같아요" 하고 브자르디가 딱 잘라 말했다.

"천만에, 액스터와 그 부인 사이에는 당신과 나만큼 나이 차이가 있을걸?"

브자르디는 어깨를 으쓱했다. 침착을 유지하기가 어려운 모양이었다. 오딜은 호기심 가득한 눈길로 브자르디와 니콜을 번갈아 바라보았다.

"저이가 나보다 더 나이 많아 보이지 않아요?" 하고 니콜이 오딜에게 브자르디를 손가락질하면서 물었다.

오딜은 뭐라고 대답해야 할지 알 수 없었다. 루이는 고개를 숙이고 있었다.

"아뇨, 그렇지 않은데요" 하고 오딜이 우물쭈물 대답했다.

"적어도 오딜은 마음씨가 고와요……" 하고 니콜이 말했다. "그리고 예절바르고."

"당신보다야 훨씬 예절바르지, 코코……" 하고 브자르디가 말했다.

그의 얼굴이 다시 평온해졌다. 그는 니콜의 손을 잡았다. 니콜이 다른 사람들 앞에서 자기를 함부로 대하는 것을 브자르디가 오히려 재미있어하는 것인지도 모른다고 루이는 생각했다. 그들 두 사람 사이의 장난인가?

"나는 이 세상에서 코코처럼 성질이 못된 사람은 만나본 적이 없어요" 하고 브자르디가 니콜의 손을 쓰다듬으며 말했다.

루이는 니콜이 테이블 위에 놓아둔 지포 라이터를 물끄러미 바라보았다. 그는 그것을 집어들어 불을 켜고 그 불꽃에서 나오는 검은 연기를 응시했다.

"옛날 학교 다닐 때, 난 이런 라이터 하나 가지는 것이 소원이었어요……"

"정말요?" 하고 니콜이 물었다. "그럼 이걸 가져요."

그녀는 그에게 미소를 지었다. 그 미소가 어찌나 다정하고 또 어찌나 호감 어린 것이었는지, 루이는 그들의 두 얼굴이 그 순간 서로 다가가 입술이 서로 붙어버릴 수도 있을 것만 같은 인상을 받았다.

"정말이에요, 정말 드리는 거예요, 이 라이터……"

* * *

뜰의 반대편 쪽, 여인숙의 부속 건물에 그날 밤을 지낼 방 두 개가 예약되어 있었다. 그들이 바를 나설 때 브자르디가 루이의 팔을 잡고 뒤로 끌어당겼다.

"나를 위해 일해준 것에 대해 감사하다는 말을 하고 싶었어요. 그 문제는 파리에 가서 다시 이야기하기로 합시다. 그런데 루이, 일한 수고비가 있는데……"

"오…… 그러실 필요 없는데요…… 정말이지……"

아마도 그는 브자르디가 그 수고비 지불을 잊어버렸다면 더 마음이 놓였을 것이다.

"아니, 아니지요. 용돈도 필요할 테고…… 당신 나이 때는……"

그들은 오딜과 니콜에게로 가서 함께 뜰을 가로질렀다. 건물 정면에 걸어놓은 등불이 그들의 발걸음을 인도해주고 있었다.

숙소는 건물 바깥으로 난 층계로 해서 위층으로 올라가게 되어 있었다. 그리고 방들은 녹색 난간으로 둘러싸인 회랑으로 문이 나 있었다.

"잘 자요."

"잘 자요."

그들은 나란히 붙은 방에 각각 들었다.

* * *

새벽 두시경 루이와 오딜은 어떤 사람 목소리에 잠이 깼다. 브자르디와 니콜 하스의 목소리였다. 처음엔 그들이 하는 말의 내용을 알아들을 수 없었다. 브자르디가 계속해서 말을 하고 있었으므로 루이는 그가 뭔가를 읽고 있거나 누구와 전화 통화를 하고 있는 것으로 생각했다.

"이런 망할!" 하고 니콜 하스가 소리쳤다.

"닥쳐!"

뭔가 방바닥에 떨어져 깨지는 소리가 났다.

"당신 미쳤군! 사람들 다 깨우겠어!"

"알 게 뭐야!"

"저 사람들 싸우려는 걸까?" 하고 오딜이 말했다.

그녀는 루이의 어깨 오목한 곳에 머리를 기댔다. 그들은 꼼짝도 하지 않은 채 가만히 있었다.

"당신은 돈 먹고 떨어져!" 하고 니콜 하스가 고함쳤다. "난 자동차 가지고 파리로 돌아갈 거야!"

"이제 그만해!"

둘 중 누군가가 따귀를 때렸다. 밀고 당기는 소리.

"사기꾼! 사기꾼! 당신은 형편없는 사기꾼이야!"

"닥쳐!"

"살인자!"

"코코……"

남자가 손으로 여자의 입을 틀어막는 모양이었다. 그녀의 숨 막히는 듯한 목소리가 마치 신음처럼 들렸다.

"망할 자식! 망할 자식!"

"이봐, 제발…… 제발, 코코……"

그들은 이제 보다 나직한 목소리로 말했다. 그러다 갑자기 웃어댔다. 침묵. 여자가 때때로 신음 소리를 냈다. 점점 더 단속적으로.

오딜과 루이는 두 눈을 크게 뜨고 꼼짝도 하지 않은 채 가만히 누워 있었다. 천장에는 격자세공 무늬의 그림자들이 하늘거리고 있었다.

"도대체 내가 여기서 뭘 하고 있는지 모르겠네" 하고 루이가 말했다.

조금 전부터 그 방에서 그는 옛날 학교에 다닐 때, 그리고 군대에서 느꼈던 것과 똑같은 예속과 질식의 감정을 맛보고 있었다. 하루하루가 잇따라 지나가고, 내가 도대체 지금 여기서 무얼 하고 있는가 하는 생각이 들고, 언제나 무엇에 사로잡힌 수인이 되어 살 것만 같은 생각을 떨쳐버릴 수가 없었다.

"떠나는 게 좋겠어" 하고 오딜이 말했다.

떠난다. 그렇고말고. 브자르디는 그를 잡아둘 권리가 전혀 없었다. 전혀. 그에게 양해를 구해야 할 까닭도 없었다. 그 무엇도, 그 누구도 그를 이래라저래라 할 수 없었다. 학교의 운동장도, 병영의 연병장도 이제 그에게는 어느 평범한 광장에 대한 추억처럼 비현실적이고 무해한 것이 되어버린 느낌이었다.

저녁 날씨가 따뜻해서 브로시에는 쥐시외 광장에 있는 테라스의 테이블에 앉아서 그들을 기다리고 있었다. 오딜과 루이가 오자 그는 자리에서 일어나 그들을 껴안으며 인사를 했다. 그에게서 볼 수 없었던, 이례적으로 애정이 깃든 행동이었다.

루이와 오딜의 영국행 이후 그는 많이 변해 있었다. 그는 하늘색 낡은 운동복 차림에 농구화를 신고 있었는데 메마른 얼굴에 수염이 돋아나기 시작해서 가끔 그걸 쓰다듬곤 했다.

"루이, 중대한 소식이 있어요…… 난 이제 브자르디하고 더이상 일하지 않게 되었어요…… 끝났어요……"

그는 의기양양한 표정으로 루이와 오딜의 반응을 살폈다.

"그럼 무슨 일을 하려구요?" 하고 오딜이 물었다.

"사실…… 나는 이렇게 행복했던 적이 없어요."

그는 가슴을 쭉 펴면서 숨을 가득 들이마셨다.

"그래서…… 청강생 자격으로 이과대학에 등록을 했어요. 그 덕에 자클린을 전보다 더 가깝게 느낄 수 있게 됐죠. 우리 둘 다 생 베르나르 강변로에 있는 같은 건물에서 강의를 받아요."

"그럼 브자르디와는 완전히 헤어진 거예요?" 하고 루이가 물었다.

"완전히. 이젠 그 친구 안 만나요. 내 인생의 한 시기 전체를 탁 털어버렸어요. 이제 난 완전히 딴사람이 되었다구요, 루이……"

루이가 생 로에서 처음 알게 되었던 얼굴이 부은 그 외판원과 두 뺨이 홀쭉해진 채 운동복 차림에 두 눈을 반짝이는 이 사내 사이에 닮은 점이라고는 아무것도 남은 것이 없었다. 그는 티롤 모자들을 버리지 않고 간직하고 있을까?

"미안해요" 하고 브로시에가 말했다. "내 옷차림이 이상하죠? 일주일에 한 번씩 가는 체육관에서 막 나온 참이라……"

"그럼 나는요?" 하고 문득 루이가 말했다. "난 그럼 브자르디하고 단둘이 남게 되는 건가요? 날 그냥 버리는 거예요?"

"천만에, 천만에, 당신도 나처럼 하길 바라요. 자클린이 곧 올 텐데…… 오늘 저녁엔 강의가 좀 길어진다더니……"

그는 자기 앞의 광장을 휩쓸듯이 팔을 커다랗게 저었다.

"나는 이 쥐시외 구역이 아주 맘에 들어요…… 자클린과 난 항상 여기서 시간을 보내죠. 기숙사촌에서 벗어나기만 하면요……"

광장은 나무들이 늘어선 모습이 꼭 어느 지방 도시에 있는 광장 같았다. 보도 가장자리에서 사람들 몇몇이 쇠공놀이를 하고 있었다. 옆에 있는 담배 가게 겸 카페에서는 주크박스의 음악 소리가 터져나오고 있었다.

"두 사람한테도 이 동네 구경을 시켜줘야 할 텐데…… 여기 가까운 곳에 식물원이 있어요…… 뤼테스 경기장도 있고. 자클린이 가끔 그리로 데리고 가주지요…… 대학 식당이나 기숙사 구내식당에 가지 않을 땐 뤼테스 경기장 옆에 있는 조그마한 멕시코 식당에서 식사를 해요. 생각 있으면 언제 저녁에 한번 같이 가요."

그의 목소리는 이제 ㄹ 음을 목구멍에서 흐릿하게 발음하던 예전 버릇이 없어지고 열정이 담겨서 보다 분명하면서도 멜로디가 실린 것으로 변해 있었다. 늘 쓰던 어휘들도 더이상 사용하지 않았으므로, 전에 툭하면 그의 대화를 장식하곤 하던 '메를랑, 피프를랭, 종, 포 드 발'* 따위의 말을 입에 담는다면 지금의 그에게는 어울리지 않는다는 느낌을 주었을 것이다.

* 각각 '이발사' '하찮은 것' '반지' '전혀'를 뜻하는 구어.

자클린 부아뱅이 그들의 테이블로 와서 학생 가방을 무릎 위에 놓고 앉았다. 그녀에게 배어 있는 에티오피아 여자 특유의 우아함이 루이에게는 황홀하게 느껴졌다.

"강의는 잘 받았어?" 하고 브로시에가 그녀의 이마에 키스를 하면서 물었다.

"아주 좋았어요."

그녀는 오딜과 루이 쪽으로 고개를 돌렸다.

"다시 만나서 반가워요. 장클로드가 설명을 했나요?"

그녀의 시선은 긍정의 대답을 바라고 있는 것 같았다.

"잘 생각했다고 봐요" 하고 루이가 말했다.

"기숙사촌으로 우리하고 같이 가겠어요?" 하고 브로시에가 제안을 했다. "거기 가서 뭘 좀 먹기로 하죠. 자클린, 가방은 내가 들어줄게."

그들은 앙리 4세 고등학교와 생트 주느비에브 성당 앞을 지나 팡테옹 광장으로 들어섰다. 자클린 부아뱅은 브로시에의 팔을 잡고, 브로시에는 손에 가방을 들고서.

"이 구역*을 아나요?" 하고 브로시에가 물었다.

* 센 강 좌안의 '카르티에 라탱'이라고 불리는 곳으로 소르본 대학교, 앙리 4세 고등학교, 뤽상부르 공원 등이 자리해 있다.

"아뇨" 하고 오딜이 대답했다. "난 대학교에 다녀보질 못했어요."

"지금도 늦지 않았어요…… 그 증거가……"

그는 자기 자신을 손가락으로 가리키고 나서 자클린 부아뱅의 목에 키스를 했다.

"대학 등록 용지에 필요한 내용을 기입해서 제출만 하면 되는데요 뭐" 하고 루이가 말했다.

수플로 가. 여러 무리의 사람들이 카페 '마이외'의 테라스에서 이쪽저쪽을 오가면서 열띤 이야기를 주고받고 있었다. 브로시에는 자클린 부아뱅을 꼭 껴안고 가만히 서 있었다. 그들 옆에서는 오딜과 루이가 잔뜩 몰려다니는 사람들의 무리에 떠밀리면서 그 물결에 실려가고 있었다. 다행히 브로시에가 그들을 손으로 확 붙들었다.

"오른쪽 생 미셸 대로 쪽은" 하고 그가 가이드같이 점잔 뺀 목소리로 말했다. "카페 '카풀라드'가 있고…… 그다음은 우리가 자클린과 자주 가는 서점 '피카르'…… 그리고 레코드 가게 '샹트클레르'…… 좀더 아래 '지베르'는 용돈이 필요할 때 내가 가끔 헌책들을 갖다 파는 서점이고…… 그다음은 카페 '드 클루니'…… 그 이층에는 당구 치는 사람들이 있고……"

그는 마치 이 구역의 숱한 매력들을 그들에게 다 알려주고 싶은데 시간이 없다는 생각 때문에 갑자기 숨이 막힌다는 듯이 헐떡거리기 시작했다. 한 사람의 일생으론 충분하지 못할 거라는 듯이.

뤽상부르 역에서 그들은 벤치에 앉아 소sceaux행 지하철이 도착하기를 기다리고 있었다.

"당신도 나처럼 하는 게 좋을 거예요, 루이. 롤랑과는 결정적으로 끝내버리는 겁니다…… 오딜 당신은 분명 루이에게 영향력이 있죠? 이 사람은 더이상 브자르디와 일을 하면 안 된다구요……"

기숙사촌을 향하여 그들을 싣고 가는 지하철에서 브로시에는 자클린 부아뱅을 자신의 어깨로 끌어당겨 꼭 껴안고 있었다.

"내 당신에게 솔직히 말하겠어요, 루이. 롤랑은 막다른 골목에 몰린 사람이에요, 침몰하기 전에 배를 떠나요."

"그와는 오래전부터 아는 사이인가요?" 하고 루이가 물었다.

그는 브로시에가 지금까지 모호하게만 대답해주었던 질문들을 다시 해볼 수 있을 것 같았다. 그리고 이제 그와 브자르디 사이가 완전히 끝났으니 브로시에가 자신에게 모든 것을 분명하고 자세하게 설명해줄 것이라고 느꼈다.

"전쟁 직후에 브자르디를 만났죠, 벌써 이십 년이 다 되어가는군요……"

"언젠가 선상 레스토랑을 차렸었다지요?" 하고 루이가 말했다.

"아, 그래요. '롱샹의 갈매기'라는 이름이었어요…… 누가 그런 얘길 하던가요? 그야말로 난장판이었어요. 롤랑은 종업원들에게 카마르그 지방의 들소지기들이 입는 유니폼을 입히고 싶어 했어요."

그는 자클린에게 키스를 했다. 뺨에다 하는 장난기 어린 키스였다.

"따분하지 않아, 이 퇴역 군인 이야기 듣는 거?"

자클린은 상냥하게 어깨를 으쓱해 보이고는 오딜에게 공범자 같은 시선을 던졌다. 지하철이 당페르 로슈로 역에 도착했다.

"나는 열여덟 살 때 롤랑을 처음 알게 되었지요. 그는 나보다 다섯 살 위였구요."

그는 루이 쪽으로 몸을 기울였다.

"롤랑의 비극은 한마디로 요약할 수 있어요. '나는 원한다, 그러나 능력이 없다.' 미안하지만 아주 거칠게 말해보겠어요. 롤랑은 언제나 똥구멍보다 더 높이 방귀를 뀐* 거예요……"

이건, 생 로 시절의 브로시에 말씨 그대로였다.

그들은 시테 위니베르시테르 역에서 내렸다. 그들 앞에서 어

* 힘에 부치는 일을 꾀한다는 의미의 속어.

떤 소년이 발로 축구공을 밀고 있었다. 브로시에는 그 소년에게 페인트 모션을 써 공을 빼앗고는 계단 있는 곳까지 드리블을 하는 데 성공했다. 그는 이런 묘기에 아주 만족한 듯했다.

"'셰 르 튀르크'에 가서 뭘 좀 먹을까요?" 하고 브로시에가 말했다. "저 아래 좀더 가야 되는데……"

그들은 주르당 대로를 따라 샤를레티 경기장 쪽으로 걸어갔다. 푸른색과 핑크색 네온이 나무 아래 보도 한가운데 유리로 막은 카운터 비슷한 곳을 비추고 있었다. 주위로 테이블 몇 개가 놓여 있었다.

"클럽 샌드위치 네 개하고 생맥주 큰 걸로 넉 잔요" 하고 브로시에가 주인에게 주문을 했다.

몽수리 공원의 냄새가 바람에 실려 그들에게로 풍겨왔다. 밤의 불빛이 훤했으므로 그들은 넓은 잔디밭 저 끝에 있는 튀니지 총독궁을 알아볼 수 있었다. 그들 앞, 인적 없는 대로의 건너편에는 브로시에가 대리석으로 벽을 바른 홀이 맘에 든다고 했던 대학 기숙사 영국관이 있었다. 좀더 위쪽의 정류장에서는 이따금씩 텅 빈 버스가 한 대씩 출발하곤 했다.

"바캉스 동안 두 사람은 뭘 할 거죠?" 하고 브로시에가 물었다.

그와 자클린은 7, 8월 동안 그냥 파리에 머물러 있기로 했다는 것이었다. 그들은 아침이면 기숙사촌 잔디밭에서 일광욕을 할 생각이었다. 오후에는 관광객들처럼 구경을 하러 돌아다닐 것이라고 했다. 앵발리드에도 가보고 루브르, 에펠탑, 생트 샤펠 성당을 구경할 생각이었다. 저녁에는 바토 무슈를 타고 배에서 식사를 할 생각이었다. 어쩌면 '단체 관광' 버스에 슬쩍 끼어 타고 베르사유 궁전까지 진출해서는 넵튠 연못가에서 벌어지는 '음향과 조명' 극을 구경하게 되지 않을까?

"바캉스 동안에 그런 온갖 것을 다 해보면 아주 재미있을 것 같아요" 하고 자클린이 말했다. "두 분도 우리하고 같이 다니면 좋을 텐데……"

"가장 좋은 방법은……" 하고 브로시에가 말했다. "조직된 관광단을 골라 따라다니는 거예요. 구경은 완전히 보장되는 거니까. 가이드들도 있고. 알겠어요, 루이? 가이드가 다 해주니까……"

그는 그 점을 강조했다. 그렇다, 얼마 전부터 그는 '조직'과 '가이드'에 대해 필사적인 욕구를 느끼고 있었다.

그러나 루이는 한사코 브로시에가 어떻게 브자르디를 만나게 되었는지를 알아야겠다고 생각했다.

"처음부터 다시 시작해봅시다" 하고 브로시에가 말했다. "그러니까 난 전쟁 직후에 '레 마로니에'라고 하는 뇌이의 어떤 하숙집에서 롤랑을 알게 된 거예요…… 그는 자기 어머니, 그리고 당시 약혼녀하고 같이 거기서 살고 있었어요. 약혼녀는 영국 여자였고……"

그리고 열아홉 살*의 뚱뚱한 청년, 장클로드 브로시에 자신은 노르망디에서 상경하여 에콜 불르**에 등록을 한 참이었다. 그러나 그는 그들 특유의 생활 리듬에 휩쓸려 지내느라 곧 학교 같은 것은 까맣게 잊어버리고 말았다. 그들은 자동차로 드라이브를 했다. 어떤 때는 도빌까지 가기도 했다. 경마장에도 갔고 저녁에는 '레 마로니에'의 작은 살롱에서 드 브자르디 부인과 브리지 게임도 했다. 롤랑은 독일에서 무공훈장을 받았었는데 당시에는 사업에 투신하고 있었다. 그리고 롤랑의 약혼녀인 엘렌은…… 그 엘렌이라는 여자는 어찌나 게을렀는지…… 어느 날 그들이 하숙집으로 커피를 한 봉지 가져왔는데, 물자가 부족하던 당시로서는 아주 귀한 것이었다. 그런데 엘렌은 그 커피를 갈아야 끓여 마실 수 있다는 생각에 그만 귀찮아져 한숨을 푹 내쉬었다는 것이다.

자클린 부아뱅은 샌드위치를 얌전하게 깨물어 먹었다. 오딜은 루이가 지포 라이터로 불을 붙여준 담배를 입에 물고 있었다. 그리고 브로시에는? 그는 갑자기 그런 오래된 추억들을 다시 들추

---

* 앞서는 열여덟 살이었다고 말한 바 있다.

** 1886년에 설립된 파리 12구의 장식미술 학교.

어내게 되어 슬퍼진 것 같았다. 그의 얼굴이 초췌해진 것을 보자 루이는 자꾸만 질문을 해댄 것을 후회했다.

"그래요, 나는 노르망디에서 상경해 에콜 불르에 입학했었어요……"

그는 자신의 무릎 위에 올려놓고 있는 가방, 자기가 입고 있는 운동복, 학생 신분, 회색 주름치마에 카디건과 스웨터를 갖춰 입은 자클린만으로는 이제 더이상 흘러가는 시간과 세상의 무관심으로부터 스스로를 보호할 수 없다는 사실을 깨달은 듯 점점 더 얼굴이 창백해졌다.

* * *

다시금 루이는 아침과 저녁에 들레즈망 가의 차고를 지키는 일을 했다. 아니면 영국에 다녀오기 전에 그랬듯이 파리 시내나 교외로 찾아다니면서 봉투를 전해주는 일을 했다.

브자르디가 한사코 주겠다는 수고비를 그는 거절하고 받지 않았었다. 속이 뻔히 보이는데도 브자르디가 담담한 척하는 목소리로 이삿짐 옮겨주는 곳에서 사람이 와서 차고의 가구들과 서류를 실어내갈 것이라고 그에게 말했을 때 루이는 파산의 기미를 눈치챌 수 있었다. 그러나 감히 입 밖에 내어 물어볼 용기는 나지 않았다.

"차고를 처분하는 거예요" 하고 브자르디가 그에게 말했다.

차고는 이미 텅 빈 것이나 다름없었다. 미국산 승용차들도 눈에 보이지 않았고 메르세데스 벤츠들도 마찬가지였다. 오직 저 안쪽에 세워둔, 타이어 바람이 빠지고 다 낡은 회색 심카만 남아 있었다. 그러나 그 차는 본래부터 한 번도 그 자리에서 움직인 적이 없는 차였다.

어느 날 오후 그는 브자르디를 도와서 그 심카 옆으로 서류들을 날랐다. 그곳에는 벽 쪽에 붙여 벽돌을 쌓아 만든 벽난로가 하나 있었다. 브자르디는 거기다 장작을 몇 개비 지폈다. 그는 서류를 들춰보더니 하나하나 불 속에 던져넣었고 기다란 쇠꼬챙이로 재를 쑤셔가며 태웠다.

"불은 모든 걸 깨끗이 정화해주지요" 하고 그는 생각에 잠긴 듯이 말했다.

"브로시에는 이제 더이상 당신과 같이 일하지 않게 되었다지요?" 하고 루이가 물었다.

"그걸 어떻게 알았어요?"

"요전에 만났거든요."

브자르디는 낡은 심카의 발판에 걸터앉은 채 어떤 서류를 들여다보고 있었다. 그는 고개를 들었다.

"그 친구, 사랑에 빠진 것 같더군요. 난들 어쩌겠어요?"

"당신을 안 지 아주 오래되었다고 하던데……"

"그래요, 우린 거의 어릴 적부터…… 친구라고 할 수 있어요……" 하고 브자르디가 말끝을 흐리면서 말했다.

"두 분은 전쟁 직후 뇌이의 어떤 하숙집에서 서로 만나 알게 되었다면서요?"

브자르디의 눈길에 어떤 불안감이 스치고 지나갔다.

"그리고 또 무슨 얘길 하던가요?"

"별다른 얘긴 안 했어요. 당신이 어머니하고 같이 그곳에 살았었다고 하더군요."

"아…… 그 친구가 당신한테 어머니 얘기를 했어요?"

그의 입가에 희미한 미소가 배어나왔다. 그러다 그의 얼굴 표정이 어두워졌다.

"사실 난 항상 브로시에를 꽁무니에 달고 다녔어요…… 일생 동안 줄곧…… 그런 일은 흔히 있지요……"

그는 자리에서 일어나더니 몇 장의 서류를 벽난로 속으로 던져넣었다.

"그 친구는 이제부터 자기도 자신만의 삶을 좀 살아봐야겠다고 독립 선언을 했어요, 루이……"

그가 짧게 웃음을 터뜨렸다. 꼭 기침 소리처럼 느껴지는 웃음이었다.

"다만 너무 나이를 많이 먹은 게 흠이지요…… 머지않아 또다시 날 찾아올 게 틀림없어요, 풀이 다 죽어가지고 말예요. 그렇지만 그땐 나도 떠나고 없을 거예요……"

햇살이 차고 안쪽 유리벽을 통해 비쳐들면서 바닥에 커다란 반점을 그려놓고 있었다. 루이와 브자르디는 마치 숲속의 빈터에서 잠시 발걸음을 멈추고 있는 산책자들처럼 그 반점의 한가운데 앉아 있었다. 벽난로 속의 불이 타닥거리면서 불티를 일으켰다.

"이쯤에서 사업을 청산할 생각입니다" 하고 브자르디가 말했다. "그런데 루이, 당신 도움이 한번 더 필요하게 될 거예요……"

* * *

루이는 질러가는 골목길로 해서 루이 블레리오 강변로에 있는 건물 안으로 들어갔다. 녹색 바구니를 손에 들고 있었다. 브자르디가 나와 그에게 문을 열어주었다.

"남은 서류들을 다 가져왔어요?"

"네."

브자르디는 바구니에 쌓여 있는 서류들을 대충 훑어보았다.

"이리 줘요."

그가 앞장서서 루이를 안내했다. 마치 시장을 보고 돌아오는 듯 바구니를 든 그의 뒷모습이 이상스러운 실루엣을 만들고 있었다.

거실로 들어서자 루이는 그곳에 있던 가구들이 없어졌다는 것을 알아차렸다. 커다란 소파와 두 개의 안락의자밖에 남은 것이 없었다. 서가에 꽂혀 있던 책들도 다 뽑혀나와 벽을 따라 차곡차곡 쌓여 있었다.

"이 아파트도 비워주려고 해요" 하고 브자르디가 말했다. "혹시 관심 있는 책들이 있으면……"

그들은 소파 쪽으로 다가갔다. 니콜 하스가 승마복 차림으로 그곳에 누워 자고 있었다. 뺨을 소파의 팔걸이에 얹은 채였다. 루이는 그 매끄러운 얼굴과 약간 벌어진 입을 보고 마음이 흔들렸다. 브자르디가 가볍게 그녀의 어깨를 두드렸다. 그녀는 눈을 뜨더니 루이를 보자 일어나 앉았다.

"미안해요……"

"괜찮아, 자기."

반쯤 열린 베란다 창문으로 바람이 들어오면서 얇은 천으로 된 커튼이 부풀어올랐다. 오딜과 루이가 여기서 처음 니콜 하스를 만났던 그날처럼.

"이 좋은 날씨를 좀 즐기는 게 좋을 텐데, 코코……" 하고 브자르디가 말했다. "오늘 오후에는 뭘 할 거지?"

"가서 말들을 좀 봐야겠어요."

"루이가 당신을 차로 데려다줄 거야. 난 여기 남아 있어야겠어…… 할 일이 있어서……"

전화벨 소리가 났다. 브자르디는 전화를 받기 위해 방의 반대편 끝 쪽으로 걸어갔다. 루이는 니콜 하스의 맞은편에 앉아 있었다. 그녀는 아무 말도 하지 않았지만 아직도 약간 졸린 듯한 얼굴로 루이에게 미소를 지어 보였다. 그리하여 그 미소, 그를 가만히 응시하고 있는 그 맑은 두 눈, 바람에 날려 꿈처럼 펄럭거리는 커튼의 흔들림, 지나가는 작은 배의 모터 소리, 그 모든 것이 한데 모여, 기억 속에 남게 되는 저 순간들 중 하나를 만들고 있었다.

* * *

뇌이의 페름 가에 이르자 그녀는 루이에게 차를 세우라고 했다. 어떤 나지막한 건물 앞이었는데 아래층은 '로비'라는 이름의 바였다. 나무판자로 장식한 벽, 어둠침침한 실내 조명, 말과 기수 들의 사진, 등자鐙子, 채찍, 가죽 냄새.

한 남자가 어떤 테이블 자리에서 일어나 걸어오더니 니콜 하스의 손에 입을 맞추었다. 그 역시 승마복 차림이었고 작은 체격에 자세가 매우 꼿꼿했다. 검은 머리에 콧수염을 기르고 있었는데 마치 밀랍 인형 같다는 인상을 풍겼다. 말을 하는데 단어들이 입 속에서 서로 뒤섞이면서 어떤 음절에서는 멈칫거리며 시간을 끌었고, 또 어떤 음절은 삼켜져 들리지 않았으며, 그리하여 그다음 소리는 뚝 끊어진 채 이어질 줄 몰랐다. 그것은 흡사 앵글로색슨 계통 사람들의 뚝뚝 끊어지는 말씨와 같아서 마침내 듣는 사람은 그가 과연 프랑스 말을 하고 있는 것인지 어떤지 의심을 하게 될 정도였다. 니콜 하스의 설명을 통해서 루이는 그 남자가 백작이라는 것, 미국에 건너가 오래 살다가 어떤 여배우와 결혼을 한 후 그 배우의 '매니저'가 되었다는 것을 알게 되었다. 그리고 프랑스로 돌아와 바 맞은편에 있는 승마 연습장을 맡아 운영하게 되었다는 것이다. 그가 미국에 건너가 배워가지고 돌아온 유일한 것은 바로 그 명함에도 찍혀 있듯이 '매니저'로서의 자질이었다. 그는 그것을 자신의 귀족 칭호보다도 더 중요시하는 터였다.

"그래 니콜, 당신네 말들을 우리한테 더 맡겨놓을 생각인가요?"

"네, 한 달 더요."

"그러고 나서는 아르헨티나로? 결정했나요? 어때요?"

"모르겠어요."

"알맞은 때에 나한테 알려줘야 해요. 그쪽에 잘 아는 친구들이 있거든요. 도데로, 그라시다, 피에르 에자귀레…… 아니, 아니지…… 그 친구는 칠레 사람이니까. 남미의 가우초들은 늘 이렇게 머릿속에서 서로 혼동이 된다니까……"

백작의 목소리는 자기 친구들의 이름을 차례로 꼽아나갈 때 아주 날카로워졌다.

"뭘 좀 마시겠어요? 스카치? 커피? 차? 말해봐요."

그는 마치 옷소매 때문에 움직임이 불편하다는 듯이 두 손을 흔들거렸다.

"당신도 말을 타나요?"

"아뇨" 하고 루이가 말했다.

"왜요?"

"이분은 아직까지 그럴 여유가 없었어요" 하고 니콜 하스가 말했다.

"한번 해보셔야죠" 하고 백작이 진지한 어조로 말했다.

그들은 바를 나와 승마 연습장 문을 열고 들어갔다.

"그럼 난 가보겠어요" 하고 백작이 말했다. "로베르 드 엉쥐의 딸한테 승마 교습을 시켜야 해서…… 그럼 곧 다시 만나요, 니콜. 그리고 아르헨티나 건에 대해선 내게 말해주는 거예요, 네?

말을 맡으려면 나도 알고 있어야 하거든요."

백작은 그들에게 빠르고 짧은 손짓으로 인사를 건넸다. 그들은 모래가 깔린 마당을 가로질러 마구간을 향해 걸어갔다. 니콜 하스는 루이에게 그녀의 말을 보여주고 싶어했다. 두 필이었는데 한 마리는 회색과 흰색이 섞인 금빛 털이었고 다른 한 마리는 다갈색이었다. 말들은 자기들 칸 너머로 머리를 내밀고 있었고 니콜 하스는 그것들의 얼굴을 쓰다듬었다.

마구간 저쪽 위에는 담쟁이덩굴이 뒤덮인, 꼭 비둘기집 같은 것이 하나 있었다.

"저기에 내 방이 있어요, 저 위에요…… 올라가볼래요?"

그들은 좁다란 나선형 계단을 따라 올라갔다. 니콜 하스가 문을 열었다. 호화로운 천으로 도배를 한 조그만 방에는 옅은 청색 벨벳을 덮어놓은 좁은 침대가 하나 놓여 있었다.

"여길 자주 찾아와요…… 유일하게 마음이 편안해지는 장소거든요…… 바로 옆에 내 말들이 있고……"

그녀는 창문을 조금 열어놓은 다음 침대에 가 누웠다.

"난 항상 당신이 왜 롤랑하고 같이 일을 하는 건지 의문이었어요……"

"어떻게 하다보니 그렇게 된 거죠……" 하고 루이가 말했다.

그는 침대 가에 등을 기대고 방바닥에 앉았다.

"그럼 그이가 떠나면 당신은 어떻게 할 생각이에요?"

"모르겠어요" 하고 루이가 말했다. "당신은요?"

"그이건 딴 사람이건 내게 가장 중요한 문제는 내 말들을 먹여 살릴 수 있는 사람을 찾는 거예요."

그녀는 우아하면서도 고집 세어 보이는 얼굴을 루이의 어깨 위 오목한 곳에 기댔다.

"그이는 나를 아르헨티나로 데려가고 싶어해요…… 내가 거기 가서 뭘 하겠어요?"

그녀는 루이의 목 가까이 입을 갖다대고 속삭이듯이 말했다.

"롤랑이 살인자라는 걸 알고 있어요? 그래요, 살인자라구요. 그 시절 신문에도 났었어요. 내가 살인자하고 같이 아르헨티나에 가서 뭘 하겠어요? 당신은 전혀 짐작도 못하고 있는 것 같네요, 루이. 내가 거길 가서 그 살인자와 얼굴을 마주대고……"

그들은 언제까지 그 방 좁은 침대 위에 머물러 있었던가? 그녀의 어깨에는 별 모양의 상처 자국이 있었다. 루이는 그 상처 자국을 입술로 더듬어 애무하고 싶은 충동을 억누를 수 없었다. 말에서 떨어졌던 추억이 그렇게 남은 것이었다. 말발굽 소리, 말 울음소리, 그리고 백작의 날카로운 목소리, 맑고도 쓸쓸한 플루트의 주제음이 되돌아오며 반복되듯이 점점 더 길게 사이를 두고 뭐라고 명령하는 목소리가 그들의 귓가에 들려왔다.

때는 서서히 여름으로 접어들고 있었다. 브자르디가 맡기는 일은 점점 더 줄어들어서 루이는 하루 대부분의 시간을 오딜과 함께 보내고 있었다. 이따금 그들은 기숙사촌으로 브로시에와 자클린을 찾아가 넓은 잔디밭에서 피크닉을 하거나 몽수리 공원에서 산책을 했다. 그리고 아주 빈번히 마리가 몽마르트르로 찾아오곤 했다. 자기 집 가까운 곳에서 '패션 양장점'을 열기에 적당한 '점포 전세권 양도' 광고를 본 것이었다.

밤이면 그들은 둑길을 천천히 걸어 블랑슈와 피갈 광장까지 갔다. 그들은 또 호르단을 보러 가기도 했다. 호르단은 마르티르가에 있는 어떤 카바레에 일자리를 얻는 데 성공해서 아직도 오딜과 마리가 만들어준 무대의상을 사용하고 있었다. 혹은 그냥 콜랭쿠르 가와 쥐노 대로를 따라 올라갔다가 왔던 길을 되짚어 내려오기도 했다. 콜랭쿠르에 있는 로마 호텔의 현관문은 밤새도록 마치 무슨 경계 부표인 양 빛을 발하고 있었다.

그들은 쥐노 대로에서 아이리시 세터를 줄에 매어 데리고 가는 키 큰 남자를 한 사람 만나곤 했다. 그들은 지나치며 서로 인사를 했다. 그 사냥개는 오딜과 루이에 대해 무작정 호감을 느끼는 눈치였다.

그런데 그날 저녁 카페 '레브'의 테라스에서 그 남자는 오딜과 루이의 옆 테이블에 앉아 있었고 사냥개는 오딜의 무릎 위에 턱을 올려놓고 있었다.

"개가 성가시지 않습니까, 아가씨? 불편하거든 서슴지 말고 말하세요."

남자는 입술을 거의 움직이지 않고 말했지만 그의 나직한 목소리는 아주 멀리까지 잘 들렸다.

"아녜요, 괜찮아요, 성가실 것 없어요" 하고 오딜은 개를 쓰다듬으면서 말했다.

"이 동네에 사세요?"

"네" 하고 루이가 말했다. "요 아래 골목에요."

"몇 번지예요?"

"18번지예요."

"몇 층이죠?"

루이는 대답을 망설였다.

"육층이에요."

"아니, 그럴 수가! 아틀리에에 말입니까?"

"네."

"좀 앉아도 되겠습니까?"

그는 오딜과 루이의 테이블에 와 앉았다. 몹시 흥분한 기색이 역력했다. 희끗희끗하고 짧게 깎은 머리, 살이 찐 얼굴, 힘찬 눈두덩, 그리고 이랑진 코르덴 재킷으로 인해 더욱 완강해 보이는 딱 바라진 어깨가 꼭 전직 권투 선수 같은 인상을 풍겼다. 그의 주위로 낡은 가죽 냄새와 차가운 재 냄새가 났다.

"거긴 옛날에 내가 쓰던 아틀리에거든요……"

그의 얼굴에는 딱히 꼬집어 말할 수는 없지만 막강하고 거친 성격을 드러내 보여주는 무엇인가가 있었다.

"가끔 가다가 이런 우연의 일치가 있다니까요, 글쎄……"

"화가이신가요?" 하고 오딜이 여전히 개를 쓰다듬으면서 물었다.

"당시엔 그랬죠, 그 아틀리에에 들어 살 때는…… 뮤직홀 프로그램 표지 그림을 그렸지요. 하지만 이 자리에서 지나온 세월 얘긴 꺼내놓지 않겠어요. 그런데 한 가지, 바와 선풍기는 없애지 않고 그대로 두고 있나요?"

"네" 하고 루이가 말했다.

"거기에 걸려 있는 중국 그림은 내가 그린 거예요."

그는 극히 민감해 보이는 눈으로 고개를 한껏 들고 입가에는 조금 냉소적인 미소를 머금은 채 오딜과 루이를 가만히 건너다보고 있었다.

"참, 내 소개를 잊었군요. 보에르입니다. 이 우연의 일치를 축하하기 위해 자두주를 한잔 내겠습니다. 여기서 얼마 멀지 않은 곳이에요."

그 목소리가 너무 명령적이어서 도무지 거절할 수가 없었다.

그들은 쥐노 대로에 있는 어떤 집 현관문을 열고 들어갔다. 반원형 창문들이 달린 삼십 년대 건축물 중 하나였다. 보에르가 개와 함께 앞장섰다.

"미안하지만 되도록 소리를 내지 말아줘요" 하고 그가 나지막한 목소리로 말했다. "어머니가 주무셔서……"

그들은 발끝으로 살금살금 복도를 지나 상당히 널찍한 방으로 들어갔다. 거실이거나 식당인 듯했다. 보에르는 살며시 문을 닫았다.

"여기선 이야기를 해도 돼요. 어머니한테까진 들리지 않으니까요."

그곳에는 시골풍의 호두색 탁자와 찬장, 의자 따위의 가구들이 갖추어져 있었다. 두 개의 창문 사이에 걸려 있는 추가 달린 티롤식 벽시계, 크림색 비단 소재의 안락의자, 찬장 선반 위에 놓인 꽃병의 장미꽃 몇 송이가 실내의 분위기를 다소 밝게 해주고 있었다. 루이는 돛단배의 돛에 기대어 있는 어떤 남자의 역광 사진 한 장을 알아보았다. 반짝이는 바다를 배경으로 한 실루엣이 오려붙인 듯 뚜렷했다.

"알랭 제르보예요…… 내가 열일곱 살이었을 때 그 사람과 잘 아는 사이였거든요" 하고 보에르가 말했다.

그 사진은 마치 난바다에서 불어오는 한줄기 하와이 기타의 선율인 양 그 방 안에 향수 어린 매력을 불러들였다.

"앉으세요, 앉으세요."

탁자에는 밀초를 먹인 방수천이 덮여 있었다. 개는 오딜 옆에 있는 의자 위에 올라가더니 꼿꼿이 앉은 채 보에르에게서 눈을 떼지 않았다. 한편 집주인은 그들에게 길쭉한 샴페인 잔에다 자두주를 부어주었다.

"개가 자기도 한 잔 달라는 것 같네요" 하고 오딜이 말했다.

보에르는 웃음을 터뜨렸다.

"자…… 그럼 개한테도 한 잔……"

그는 샴페인 잔에 찰랑거릴 만큼 술을 가득 부어 경계하는 듯한 눈치인 개의 앞으로 밀어놓았다. 그러고 나서 그는 찬장 서랍에서 녹색 가죽을 씌워 제본한 커다란 앨범 하나를 꺼냈다.

"이걸 보세요…… 내가 그 아틀리에에 살던 시절의 추억들이죠…… 지금 두 분이 사는 곳 말입니다……"

루이가 앨범을 펼쳤고 보에르는 서 있었고 그의 뒤에 오딜과 개가 있었다. 처음 두 쪽에는 비닐 막으로 보호해놓은 사진 한 장만이 있었다. 얼굴 윤곽이 고른 두 남자. 한 사람은 갈색 머리였고 또 한 사람은 금발이었다. 한 삼십 년쯤 된 사진 같았다.

"피에르 메예르와 반 뒤렌이에요…… 뮤직홀의 화가였죠" 하고 보에르가 말했다. "내가 일생 가장 멋있다고 생각했던 두 사람……"

"왜요?" 하고 오딜이 물었다.

"잘생겼으니까요" 하고 보에르가 이론의 여지가 없다는 듯한 어조로 말했다. "두 사람 다 자살했어요…… 알랭 제르보 역시 그렇다고 볼 수 있고……"

루이는 앨범을 한 장 한 장 넘겼다. 굵직한 글씨체로 '보에르'라고 서명한 뮤직홀 프로그램 표지가 여러 장 보였다.

"어쩌면 우리 어머니를 아실지도 모르겠네요?" 하고 루이가 물었다. "'타바랭'에서 일했는데……"

"당신 어머니를? 아뇨…… 거기서 알고 지낸 사람은 아무도 없어요. 내가 주로 일한 곳은 그러니까 미스……"

그다음 쪽들에는 점점 더 현재와 가까운 시기와 이름들이 표시된 젊은 사람들의 사진이 붙어 있었다. 여러 세대의 인물들이 연달아 배열된 것이었다. 이 사람들이나 저 사람들이나 한결같이 밝게 빛나는 젊은이들인데, 그 가운데 한 사람, 얼굴이 훤하고 비죽이는 듯한 입술에 두 눈을 찌푸린 장년의 사내가 있었다.

"이 사람이 바로 통통이에요, '리버티즈'의……"

천장에 매달아놓은 전등의 세찬 불빛이, 그 모든 추억을 보호하느라고 씌워놓은 비닐 막에 번쩍거리며 반사됐다. 개는 앨범에 흥미가 있다는 듯 이따금씩 코를 킁킁댔다. 루이가 앨범을 빨리 넘기지 않고 가만히 있을 때면 개의 입김 때문에 사진에 수증기가 서리곤 했다. 오딜은 더 잘 보려고 루이의 어깨에 머리를 기댔다.

"이 사진들, 재미있네요" 하고 그녀가 말했다. "자주 꺼내 보시나요?"

"아뇨. 이걸 보면 기분이 울적해져요……"

"왜요?"

"이 멋진 녀석들이 이젠 다 늙었거나 없어져버렸구나 생각하면 슬퍼져요. 그런데 나만 그들이 지나다니는 모습을 구경했던 낡은 가교처럼 여기 남아 있으니…… 내게 남은 것이라곤 사진

뿐이에요. 내가 일생 동안 키웠던 개들의 사진을 모아 또 한 권의 앨범을 만들고 싶었지만 용기가 나질 않더군요."

그의 목소리가 잠기기 시작했다. 그는 의자에 털썩 주저앉더니 오딜의 손을 잡았다.

"당신은 아직 너무 어려서 이해하지 못해요…… 하지만 나는 이 앨범을 꺼내서 들춰보노라면, 그래서 사진들을 하나씩 하나씩 들여다보고 있노라면, 그 하나하나가 마치 발밑에 밀려와 부서지는 파도들 같다는 느낌이 들어요……"

순간 루이는 자신의 눈을 의심했다. 가슴이 콱 막혀오는 듯했다. 번쩍거리는 비닐 막 밑에 있는 사진 한 장. 서로 나란히 서서 찍은 브로시에와 브자르디의 사진이었다. 브로시에는 동글동글한 얼굴에 아직 어린 티가 채 가시지 않아 보였고, 스물다섯 살이 되었을까 말까 한 브자르디는 사람을 끄는 눈과 미소를 한 곱슬거리는 검은 머리였다.

"이 사람들을 아세요?" 하고 개의 입김 때문에 비닐 막 위에 서린 수증기를 닦으면서 루이가 물었다.

보에르는 앨범을 자기 쪽으로 끌어당겼다.

"네, 알아요. 여기 롤랑 투탱을 닮은 어린 친구는 연극 학교에 가서 수업을 받아보라고 내가 보내줬었지요……"

그는 검지로 브로시에를 가리키고 있었다.

"그렇지만 아무 소득이 없었죠. 심지어 골동품상에서 내가 데리고 일도 시켜봤어요. 그 뒤에는 무슨 항공회사 승무원이 되었다지요, 아마…… 에어 브라자빌이라든가…… 이쪽 사람은 좀 달랐어요. 처음엔 나한테 그림을 팔러 왔었죠. 그러다 잘못된 길로 들어서…… 어떤 미국인을 살해한 죄로 재판을 받았지요. 결국 무죄선고를 받고 석방됐지만…… 내게 그때 신문 기사들을 오려둔 게 있어요. 흥미 있다면…… 나중에는 뇌이에서 선상 레스토랑인가를 경영하게 되었고…… 심지어 나보고 그 실내장식을 해달라고 하더군요…… '해적선' 분위기가 나는 스타일로…… 그래, 이 사람에 대한 신문 스크랩을 보고 싶어요?"

"보면 재미있을 것 같아요" 하고 짐짓 담담한 어조로 루이가 말했다.

보에르는 사진 밑으로 손을 넣어 봉투를 하나 꺼내더니 루이에게 내밀었다. 루이는 그걸 받아서 곧장 주머니에 넣었다. 마치 무슨 코카인 봉지라도 된다는 듯이.

"이런 옛날 것들이 아직 관심거리가 된다니 다행이군요" 하고 보에르가 말했다.

"이 사람들을 어디서 알게 되었나요?" 하고 놀란 오딜이 물었다.

"이 사람들? 글쎄 생각이 나질 않네, 어쩌면 '셰 통통'에서였는지도…… 기억이 없어요…… 자, 그만하지요, 여러분……"

그는 앨범을 탁 접더니 찬장 서랍 속에 도로 집어넣었다.

"말을 잘 들으면 언젠가 이 앨범을 주겠어요."

루이는 마음의 동요를 느끼며 자리에서 일어났다. 하지만 그 뜻하지 않은 발견 때문에 얼이 빠진 기분이 되어 자리에 그냥 가만히 서 있었다.

"자, 잠깐만요……" 하고 보에르가 그에게 자리에 앉으라고 손짓을 하며 말했다.

그의 손에는 사진기가 하나 들려 있었다. 그는 사진기에 달린 아주 조그마한 플래시 장치를 눌렀다.

"금방 산 거예요. 컬러 사진을 뽑을 수 있지요. 스냅 사진으로…… 두 사람 좀더 가까이 앉아요. 기, 너도……"

루이가 고개를 돌렸다. 보에르가 미소를 지었다.

"기는 내 개 이름이에요."

기는 오딜의 손에 주둥이를 얹었다. 보에르는 렌즈를 들여다보고 있었다.

"아주 좋아요…… 셋 다 들어가요……"

플래시가 터지자 루이가 눈을 깜빡거렸다. 그는 브자르디와 브로시에 생각을 하고 있었다. 그러나 그는 또한 보에르가 했던 짧은 한마디를 머릿속에서 되뇌고 있었다. "그 하나하나가 마치 발밑에 밀려와 부서지는 파도들……" 아마도 보에르는 지금 찍은 오딜과 루이의 사진에도 날짜를 기입하여 앨범에 붙일 것이다. 그리하여 오딜과 그와 개는 다른 수많은 존재들 뒤에 온 한 번의 파도에 지나지 않게 되리라.

* * *

봉투 속에는 노랗게 바랜 신문 스크랩이 하나 들어 있었다.

어제저녁, 사법경찰의 형사대는 뇌이의 샤를 라피트 가에 있는 하숙집에서 미국인 파커의 살해범으로 추정되는 25세의 롤랑 샹탱 드 브자르디를 검거했다.

1946년 초 프랑스에 입국한 파커는 자국에서 심각한 소송 사건에 연루됐었던 것으로 밝혀졌다. 한편 프랑스에서는 생클루의 피엑스 직원과 공모하여 파커가 음모 및 조직한 것으로 추정되는, 트랙터·펌프 탱크·방송 기자재 등의 미국 잉여 물자 암거래단에 관한 수사가 진행중이었다. 샹탱 드 브자르디는 하워드 파커로부터 의뢰받아 물자 유출 역할을 맡은 인물들 중 한 사람이었다.

이 젊은이는 자신보다 스무 살가량 많은 파커의 개인비서로 일했던 것으로 보인다. 증인들에 따르면 두 사람은 파커가 늘상 사람들과 만나는 약속 장소인 피에르 샤롱 가의 '레타프'에 자주 나타났다고 한다. 그들은 범죄가 발생하기 몇 시간 전에도 그곳에 함께 있었다.

롤랑 샹탱 드 브자르디는 명문가 출신으로 미술품 중개인으로 자처하고 있다. 해방과 함께 드 라트르 장군 휘하 부대에 입대하였고 무공을 세운 공로로 23세에 무공훈장을 받았다. 그의 아버지는 잘 알려진 경마계 인사로서 프랑스 태터살 협회 및 비아리츠 폴로 협회 회장직을 오랫동안 역임했다. 그러나 그가 사망하자 가족들은 경제적으로 곤란한 형편이 되었고, 샹탱 드 브자르디는 어머니와 함께 뇌이의 하숙집에서 지내다가 그곳에서 검거되었다.

샤를 라피트 가의 하숙집에서 거주해온 그의 두 측근 인물인 엘렌 밋퍼드와 19세의 장클로드 브로시에 또한 사법경찰의 심문을 받았다. 여러 증거들이 부인할 수 없을 만큼 명백했으므로 샹탱 드 브자르디는 48시간이 지나지 않아 범인으로 지목되었다. 우선, 살인범을 목격한 메리엘의 자동차 정비업자 장 톨 씨는 정확한 인상착의를 진술했다. 25세가량, 큰 키, 세련된 매너. 그는 휘발유 두 통을 사갔다고 한다. 가르슈에 거주하는 세크 부인 역시 살인범에 대해 동일한 증언을 했다. 그녀는 개들을 데리고 뤼에유 방향으로 숲속을 지나가다가 두

발의 총성을 거의 연속적으로 들었다고 한다. 자동차 한 대가 시동을 걸고 출발하여 불과 몇 미터 떨어진 곳을 지나갔으므로 그녀는 그 차의 운전자를 목격할 수 있었다. 그는 메리엘에서 휘발유를 사간 인물처럼 25세가량 되어 보였으며, 그 사람처럼 검은 머리와 수염 없는 얼굴에 세련된 용모였다. 옆에는 그의 어깨에 몸을 의지한 채 어떤 남자가 늘어져 있었다. 의아하게 여긴 세크 부인은 자동차 번호를 기록해두었다. 들라에형 12마력 암홍색 자동차로 번호는 9092 RM이었으며, 샹탱 드 브자르디가 사용하고 있던 그 자동차가 뇌이의 하숙집 앞에 자주 주차되어 있는 것을 볼 수 있었다고 한다.

현재로선 샹탱 드 브자르디의 파커 살해 동기의 가닥이 쉽게 잡히지 않고 있다. 아마도 두 사람이 함께 추진해온 암거래와 관련해 의견 대립이 있었던 것으로 추정하고 있다.

신문기사 아래쪽에는 큼직한 타이틀이 오려붙여져 있었다.

샹탱 드 브자르디
증거 불충분으로 무죄 석방
프랑스 제1군 시절의 옛 연대장과 전우 한 사람이 유리한 증언

"증거 불충분"이라는 단어 밑에는 붉은색 잉크로 줄이 두 개 그어져 있었고 마찬가지로 붉은색 잉크로 단어 끝에 감탄부호가 찍혀 있었다. 보에르의 것이 분명한 신경질적인 손길이 종이에 구멍을 내어가면서까지 그렇게 표시를 해놓은 것이었다.

브자르디는 마침내 '파리 노르'로 마음을 정했다. 둥케르크 가에 있는 널찍한 식당으로, 건물 정면이 갈색이었다. 루이와 오딜은 그의 뒤를 따라 들어갔다.

브자르디는 이 식당을 잘 알고 있는 듯 그들을 안쪽 자리로 데리고 갔다. 불투명 유리벽을 통해서 희미한 녹색의 햇빛이 걸러져 들어오는 곳이었다. 홀에는 손님이 아무도 없었다. 그들이 앉은 자리에서는 파리 북역北驛의 일부가 보였다.

브자르디가 시계를 들여다보았다.

"아직 이십 분 남았군……"

그가 가진 짐이라곤 가죽 가방 하나와 작은 트렁크뿐이었다. 그는 그 짐들을 옆에 있는 의자 위에 올려놓았다.

“그러니까 우리는 모레 아침 열시 정각에 제네바의 리치몬드 호텔 로비에서 만나는 겁니다. 이건 안시행 기차표예요. 돌아오는 표도 있고요. 확인해봤더니 다섯시에 안시-제네바 간 버스가 있어요. 기차가 세시경 안시에 닿으니까, 대기 시간은 두 시간가량 됩니다……”

그는 오딜에게 고개를 돌렸다.

“귀찮아요, 이 여행?”

“전혀요.”

“날 위해 수고해주는 마지막 여행이에요. 여기 이거……”

그는 루이의 무릎 위에 작은 트렁크를 올려놓았다.

“이 안에는 전에 액스터한테 전해주었던 것과 비근한 액수가 들어 있어요. 그런데 이번엔 말이죠, 반드시 수고비를 거절하지 말고 받아줬으면 합니다. 그 문제는 제네바에서 다시 얘기하기로 하지요. 아니, 정말이에요, 정말이라고요. 꼭 그러고 싶은 게 내 마음이니까…… 그리고 버스에서는 돈을 은밀하게 가지고 있어야 돼요. 이건 좀 지나치게 사치스럽게 보이니까요.” 그가 작은 트렁크를 가리켰다.

“걱정 마세요” 하고 루이가 말했다.

“난 브뤼셀에 잠시 들르겠어요. 가서 해결할 일이 좀 있어서요…… 그러고 나면 난 완전히 손을 끊게 되는 겁니다. 그다음엔 아르헨티나로 뜨는 거죠……"

그는 심벌즈를 치듯이 두 손바닥을 맞부딪쳤다.

"왜 아르헨티나죠?" 하고 루이가 물었다.

"어머니 쪽 친척들이 거기 살아요. 니콜도 말들을 돌볼 수 있게 될 거고요…… 아 참, 생각난 게 한 가지 있어요. 지금부터 내일 사이에 내게 연락할 일이 생기면 브뤼셀의 메트로폴 호텔로 전화하면 돼요. 샹탱 씨를 바꿔달라고 하세요."

그는 기차표가 든 봉투에 '샹탱'이라고 썼다.

"내 성의 일부예요. 성이 원래 샹탱 드 브자르디거든요."

오딜과 루이는 서로 눈길을 주고받았다. 루이는 바야흐로 그 낡은 신문 스크랩을 브자르디에게 보여줄 참이었다. 그는 금방이라도 손을 넣어 꺼낼 수 있는 안주머니 속에 그걸 넣어가지고 있었다. 그러나 생각을 바꾸었다.

브자르디의 얼굴이 유리벽으로 비쳐드는 빛을 받아 생기 없이 흐려져가고 있었다. 마치 눈에 띄게 늙어가고 있는 것 같았다.

"참 이상하네" 하고 그가 말했다. "감옥에서 나온 직후에 이곳 북역 동네에 살았었는데……"

"감옥에 간 적이 있었어요?"

"농담이에요…… 그렇지만 내가 이 동네에 오랫동안 살았던 건 사실이에요. 마장타 대로에…… 볼품없어 보이지만 살다보면 정이 드는 동네지요."

그는 인적 없는 홀 안을 물끄러미 바라보았다.

"그 시절 어떤 여자하고 식사하러 여길 자주 왔었지요. 금발이었는데…… 그 여자 역시 이 동네에 살고 있었어요. 주느비에브라고……"

당혹감과 피곤함이 어린 브자르디의 눈길이 얼어붙은 듯 멈추어 있었다. 어쩌면 이 고요하기만 한 홀 안에 더이상 그 주느비에브라는 여자의 흔적이라곤 남아 있지 않기 때문인지도 몰랐다.

"그런데 당신들은? 장차 어떻게 할 생각인가요?" 하고 그가 물었다.

"모르겠어요" 하고 루이가 말했다. "휴가나 보내죠 뭐."

"두 사람 정확하게 몇 살이죠?"

"전 사흘 후면 스무 살이 돼요" 하고 오딜이 말했다.

"그럼 루이, 당신은?"

"한 달 반 뒤에 스무 살이죠."

브자르디는 생각에 잠긴 듯이 자신의 잔을 집어들었다.

"그렇다면 자, 두 사람의 스무 살을 위하여!"

그는 커피를 단숨에 마셨다.

"자 그럼, 난 가볼게요. 아니, 아녜요…… 그냥 앉아 있어요. 플랫폼에서 작별하는 건 아주 질색이니까. 모레 리치몬드 호텔에서 정각 열시에…… 그럼 이만, 메믈링 부인……"

루이는 그래도 손에 작은 트렁크를 든 채 식당 출구까지 그를 배웅했다.

"제네바행 버스 안에서 남들 눈에 띄지 않게 하세요. 쉽게 당할 수 있으니까…… 당신 인상이 너무 착해 보이거든요. 당신 나이 때쯤 나는 어땠을까 싶군요…… 어떻게 생각해요?"

"글쎄요" 하고 루이가 말했다.

브자르디는 파리 북역을 향해 길을 건너가면서 뒤를 돌아보지 않은 채 손을 흔들었다. 그 느리고 어렴풋한 팔의 움직임이 루이에게는 너무나 뜻밖이어서 훗날 그의 추억 속에는 마치 어떤 축복의 손짓처럼 남게 될 것이었다.

* * *

아직은 저물지 않은 낮이었다. 그들은 그 옛날 롤랑 샹탱 드 브자르디와 주느비에브라는 이름을 가진 금발의 여자가 살았었던 거리를 발길 닿는 대로 걸어다녔다. 루이는 손에 작은 트렁크를 들고 있었다. 기차들이 출발하고 있는 동네, 둔중한 벽면들, 상가와 먼지 앉은 법률사무소와 다이아몬드 세공상점들과 알자스, 벨기에의 냄새가 물신 풍겨나는 음식점들의 거리.

그들은 그것이 파리에서의 마지막 산책이라는 것을 알지 못한다. 그들은 아직 개인적 존재감을 갖지 못한 채 건물들의 벽과 보도와 한데 뒤섞여 걸어가고 있다. 낡은 천처럼 조각조각 땜질한 아스팔트 위에는 콜타르를 부은 날짜들이 새겨져 있지만 어쩌면 수많은 탄생, 만남의 약속, 죽음의 날짜들이 새겨져 있는 것인지도 모른다. 훗날 자기들 인생의 이 시절을 추억하게 될 때 그들은 숱한 교차로와 건물의 입구 들을 떠올리게 될 것이다. 그들은 그것들의 모든 음영을 머릿속에 새겨두었다. 그들은 온갖 색깔들이 무지갯빛으로 번뜩이는 그 도시 속에서 허공에 뜬 회색과 검은색의 기포氣泡에 지나지 않았다.

생 뱅상 드 폴 광장은 그곳의 공터와 성당과 더불어, 우리가 꿈속에서 가로지르는 저 낯익은 장소들처럼 인적이 없고 고요했다. 오트빌 가를 지나 큰길들이 있는 쪽으로 나온 오딜과 루이는 카페 '브르방'이 있는 곳쯤에 이르러 인파에 휩쓸려 사라져갔다.

* * *

오딜은 잠이 들어 있었다. 루이는 침대 밖으로 슬며시 빠져나와 창문까지 발끝으로 살금살금 걸어갔다. 안시에는 비가 내리고 있었다. 저 아래 공원에는 어린아이들이 쫓고 쫓기면서 뛰어

다니고 있었다. 누군가 그 아이들을 지켜보고 있었는데 그는 꼼짝도 않고 가만히 서 있었다. 오직 그의 검은색 우산의 볼록한 표면만이 눈에 들어왔다.

루이가 그 호텔을 고른 것은 역에서 가깝기 때문이었다. 고등학교 시절 안시에서 휴일을 보낼 때면 그 건물의 주황색 정면이 항상 그의 호기심을 자아내곤 했었다. 그리고 그의 기억 속에는 토요일이면 파키에 산책로를 거닐곤 하던 어떤 금발 남자의 모습이 남아 있었다. 사람들은 그를 '칼톤'이라고 불렀다. 그 옛날 그가 보이로 일했던 호텔 이름이었다. 들리는 말에 의하면 그는 항상 회색 사슴 가죽에다 싼 브라우닝 권총 한 자루를 가슴에 품고 다닌다고 했다.

안시는 삼 년 동안 별로 달라지지 않았다. 저녁 일곱시가 되면 다시 학교로 돌아오곤 했던 그 일요일들처럼 비가 흩뿌리고 있었다. 그런 일요일이면 타베른 아케이드나 카지노 호텔의 차양 밑에 서서 비를 피하는 것밖에는 달리 아무것도 할 일이 없었다. 아니면 루아얄 가의 상점 진열창들 옆으로 바싹 붙어 지나가면서 기웃거리는 것이 고작이었다. 훗날 생 로에서 역시 비가 내리고 있어서 사람들은 물이 고여 있는 곳을 건너뛰면서 걸었다. 가만히 생각해보면 학교와 병영 시절 사이에는 손가락으로 꼽아서 헤아릴 수도 있을, 비 오는 날과 좌변기 없는 변소 생활의 구 년 세월이 가로놓여 있는 것이었다.

호텔 창문에서 루이는 역을 볼 수 있었다. 그 왼쪽에 밝은 빛의 건물이 있고 거기서 제네바행 버스가 떠나고 있었다. 어느 날인가 그는 그의 보호자 노릇을 해주던 아버지의 친구분과 같이 그 버스를 탄 적이 있었다. 그들은 크루제유와 생 쥘리앵을 지나갔다. 그리고 세관 두 군데를 통과해야 했다.

그는 일요일 저녁이면 그 건너편 쪽에서, 학교에서 백 미터쯤 떨어진 곳에 정차하는 버스를 기다리곤 했다. 버스에는 항상 사람들이 붐볐다. 그래서 늘 서서 가야 했다. 베리에 뒤 락 모퉁이를 돌면 망통 생 베르나르 성이 마치 치솟는 큰 파도 위에 떠밀려 올라온 유령선처럼 산꼭대기에 나타났다. 좀더 가면 길가에 알릭스 공동묘지가 있었고……

작은 트렁크는 침대 머리맡 탁자 위에 놓여 있었다. 그는 그걸 집어들고 창가에 가 앉았다. 오딜의 규칙적인 숨소리가 들려왔다. 네시. 제네바행 버스의 출발 시간은 다섯시 이십이분이었다.

그는 작은 트렁크를 열었다. 500프랑짜리 지폐 다발. 새 돈이었다. 그는 맞은편 역을 물끄러미 바라보았다.

어느 일요일 그는 버스를 타지 않은 채 그냥 보내고 나서 '보호자'의 집으로 돌아와 버스를 놓쳤노라고 설명했다. '보호자'는 자신의 시트로앵 자동차로 그를 학교까지 데려다주었다.

그러나 오늘로 그 음울하고 비 오는 세월은 그 끝에 닿았다. 이제부터 그 시절은 너무나도 아득한 옛날만 같아서 감미로운 추억으로 남게 될 것이었다. 그는 지폐 다발을 세어보기 시작했다. 그렇다. 이제 마음의 결정은 내려졌다.

그는 오딜을 깨웠다. 당장 그날 저녁 그들은 니스행 기차를 탔다. 중간에 리옹에서 기차를 갈아탔다. 대기 시간은 십 분이었다.

* * *

그들은 니스에서 보름을 지냈다. 큼직한 미국산 무개차를 한 대 세내어 그다음 몇 달 동안 코트 다쥐르 해안을 돌아다녔다.

니스와 빌프랑슈 사이 절벽 위로 난 해안 도로를 달려가던 어느 날 아침, 루이는 날아갈 듯한 가벼움과 몽롱함이 한데 섞인 미묘한 기분을 느꼈다. 오딜 역시 자신과 마찬가지 기분을 느끼고 있는지 궁금했다.

그 무엇이, 훗날 그게 다름아닌 자신의 청춘 시절이 아닌가 자문하게 될 그 무엇이, 그때까지 그를 짓누르고 있던 그 무엇이, 마치 어떤 바윗덩어리 하나가 천천히 바다를 향해 굴러떨어지다가 마침내 한 다발의 물거품을 일으키며 사라지듯이, 그에게서 떨어져나가고 있었다.

옮긴이의 말

오늘날 우리나라에서 프랑스 소설을 즐겨 읽는 독자들에게 파트릭 모디아노가 어떤 작가인지를 소개하는 것은 무의미하다. 그만큼 그는 이미 충분할 만큼 알려진 독창적 '세계'와 모방할 수 없는 분위기, 그리고 투명한 우수의 문체를 구축하고 있다.

그는 1968년 6월에 『에투알 광장』으로 등단한 이래 지금까지 무려 스물여덟 권의 소설을 연이어 발표했다. 그는 처녀작 『에투알 광장』으로 로제 니미에 상을, 『외곽 순환도로』로 아카데미 프랑세즈 소설 대상을, 『어두운 상점들의 거리』로 공쿠르상을 수상했고 아울러 유명한 감독 루이 말과 함께 영화 〈라콩브 뤼시앵〉의 시나리오를 써서 폭넓은 관심을 모은 바 있다.

현대의 바쁜 독자들에게 너무 긴 소설은 부담이라고 말하는 그가 평균 200페이지가 채 되지 않는 분량의 신작을 발표할 때마다 일간지 〈르 몽드〉의 서평란이나 주간지 〈누벨 옵세르바퇴르〉 〈렉스프레스〉 〈르 푸앵〉 등이 앞다투어 소개할 뿐만 아니라 그의 작품은 거의 예외 없이 베스트셀러 1위에 올라갔다가 내려오곤 한다. 많은 비평가들이 그를 미셸 투르니에와 더불어 누보로망 이후 프랑스 최대의 작가로 꼽는다.

그의 소설들은 한결같이 한 가지 세계만을 반복하여 그리고 있는 것 같다. 즉 2차세계대전중의 점령기, 혹은 전후의 불안하고 동요에 찬 시기를 어렴풋한 박명 속에서 떠올리고 있는 것이다. 그가 그리는 인물들은 노랗게 빛바랜 사진 혹은 어둠 속에서 성냥불을 켜서 잠시 바라본 얼굴 같다. 물론 1945년생인 모디아노 자신은 2차세계대전 시기를 몸소 체험한 세대가 아니다. 따라서 이 불확실한 세계의 분위기는 역사적인 한 시대를 증언한다는 의미에서가 아니라 미적인, 혹은 형이상학적인 이유에서 이 작가의 마음을 사로잡고 있는 것 같다.

비평가들은 흔히 그의 작품세계를 '마술적 리얼리즘'이라고 명명한다. 구체적인 현실이나 눈에 선한 장면들을 비교적 짧고 건조한 문장으로 그려 보이고 있지만, 그 단순해 보이는 현재의 인물이 뿌리내리고 있는 근거는 어느새인가 어둠 속에 묻혀가고 있어서 구상적이었던 현실이 돌연 꿈처럼 공중에 떠서 흔들리는 것 같은 인상을 준다. 꿈의 바탕 속에서 현실이 떠올라오고 있는 것인지 현실이 불확실의 박명 속으로 지워져가고 있는 것인지 분간하기 어렵다.

이리하여 독자는 어떤 평범한(별 볼 일 없을 정도로 평범한) 개인의 삶을 따라가다가 필연적으로 인생 자체의 근거에 대한 형이상학적 의문과 마주치기 마련이다. 왜냐하면 존재의 근거가 어둠 속으로 무너지고 있기 때문이다. 그의 세계 속에 등장하는 인물들은 흔히 이름없는 여배우, 운동선수, 유태인, 러시아 이민자, 점령기에 부모가 행방불명된 젊은이, 일정한 직업이 없이 암거래 따위에 손을 대고 있는 사람, 아마추어 사진작가, 기억상실자 등 뿌리 뽑힌 존재이거나 화려한 조명 속에 잠시 등장했다가 어둠 속으로 사라진 삼류 스타들이다. 그러나 독자가 마주치게 되는 그 존재론적 의문이 제기되는 방식은 대개 흥미진진한 탐정소설의 형식을 빌리고 있다. 다만 탐정소설과 다른 점이 있다면, 모디아노가 추적하고 있는 대상이 범죄의 동기, 과정, 범인 따위가 아니라 인간의 아이덴티티('나는 누구인가?' '도대체 내가 지금 여기서 무엇을 하고 있는 것인가?')라는 점이다.

여기에 번역 소개하는 『청춘 시절*Une jeunesse*』은 모디아노의 일곱번째 장편소설로 1981년에 발표되었다. 이 작품 역시 그 분위기와 성격에 있어서 다른 작품과 크게 다르지 않다. 어떻게 하여 파트릭 모디아노는 항상 똑같은 세계를 그리고 있으면서도 매번 독자를 이토록 매혹할 수 있는 것일까? 그러나 이 소설은 그의 수많은 작품들 가운데서도 특히 전통적인 의미에서의 견고한 구조를 갖춘 역작이다. 그리고 1인칭 서술이 대부분인 그의 작품들에서 보기 드문 3인칭의 본격 소설이라는 점이 특징이다. 작품의 주제는 물론 '청춘 시절'이라는 제목 속에 잘 요약되어 있다.

프랑스 어느 산록의 스키장 마을. 아직 시즌이 아니라서 사람의 발길이 뜸하고 고즈넉하기만 하다. 소설은 이곳에 정착하여 '행복한' 가정을 이루고 귀여운 두 아이의 아버지 어머니가 되어 있는 어느 부부의 일상적 정경을 그려 보이면서 시작된다. 그들은 둘 다 이제 곧 서른다섯 살 생일을 맞으려고 한다.

서른다섯 살이 되면 저만큼 멀어져가려고 하는 '젊음'의 뒷모습이 보이기 시작하는 것인가? 액자형식으로 된 이 소설의 도입부는 자신들의 청춘 시절을 바라보는 오늘의 시선과 지나간 젊은 날 사이의 '거리'를 확보하는 기능을 맡는다.

> 때로 인생은 그렇게, 서른다섯 살이 되면 새로 시작되기도 하는 것일까? (…) 그녀의 생각으로는 그렇지 않을 것 같다. 외려 마침내 안정권에 이르고, 페달보트는 지금 그녀 앞에 펼

쳐져 있는 것과 같은 호수 위로 애쓰지 않아도 저절로 미끄러져간다. 그리고 아이들은 자란다. 그들은 떠나갈 것이다.

다른 한 세대의 청춘이 시작하려 한다는 전망과 더불어 하나의 청춘은 저만큼 등을 보이는 것이다.

사실 다루고 있는 주제나 그려 보이는 분위기가 이 소설에서만큼 액자형식과 잘 어울리는 경우는 많지 않다. 도입부의 현재는 마치 이 소설의 핵심인 젊은 시절을 메우는 그림틀과 같다. 틀과 그림은 뚜렷한 대조를 이룬다. 현재라는 틀이 안정된 것일수록 그 속에 담긴 과거는 그만큼 더 어둠 속에 떠 있는 꿈 같아 보인다. 아니 현재의 확실함(바로 눈앞에 있으니까)이 그 틀 속에 담긴 과거를 한 폭의 '그림', 즉 비현실적인 허구로 만들어놓는 것인지도 모른다. 젊은 날처럼 아름답고 젊은 날처럼 덧없는 그림이 또 어디 있는가? 그들은 집 앞의 여름 산을 배경으로 오르내리는 선연한 붉은색 케이블카를 바라본다.

케이블카는 저녁 아홉시가 될 때까지 올라갔다 내려왔다 하는 모습을 보이다가 마지막에는 포라즈 산비탈을 따라 미끄러져가는 한 마리의 커다란 반딧불같이 되고 말 것이다.

청춘 시절 또한 이처럼 허공중에 떠 있다가 어둠 속으로 사라지는 반딧불은 아닐까?

사라져버리는 것이 어찌 청춘뿐이랴. 반딧불처럼 사라지든 페달보트처럼 저절로 미끄러져가든 삶은 흘러가고 돌아오지 않는다. 다만 소설은 그 흐름 위에 액자를 씌워서 문득 한 폭의 흐릿한 그림으로 정지시켜놓을 뿐이다. 이리하여 십오 년의 세월이 경과한 뒤 바라보는 젊은 시절은 고통스러운 은유가 되면서, 근거가 불확실한 인생 자체의 조건을 손가락질해 보인다. 삶의 불확실성은 청춘이 시작하는 지점의 저 무모한 우발성 때문이다. 거기에는 필연성이 없다. 군대에서 이제 막 제대하는 길인 스무 살의 청년 루이, 그는 어디서 왔는가?

옛날 밤무대의 댄서였다는 어머니, 자전거 경기 선수였다는 아버지. 그들은 언제, 왜, 어디로 사라져버린 것일까? 그들은 이제 실체가 없는 풍문으로만 혹은 해묵은 신문 스크랩 조각으로만 겨우 남아 있을 뿐이다. 그들이 과연 실제로 존재하기나 했던 것일까?

> 자신의 어머니가 일했던 곳이 궁금해진 그는 '타바랭'의 주소를 찾아갔으나 빅토르 마세 가의 그 번지에는 창문도 없는 정면의 벽만이 가로막고 있었다. 옛 뮤직홀을 무도장이나 차

고로 개조한 것이 분명했다. 그것은 아버지에 대한 추억에 잠긴 채 처음으로 그르넬 대로를 따라 걸어내려가 '벨 디브'를 바라보려고 마음을 가다듬던 그날 저녁과 똑같은 모험이었다.

이리하여 그의 부모의 삶을 떠받치는 중력중심과도 같았던 두 장소가 이제는 더이상 존재하지도 않게 된 것이다. 고통으로 그는 땅바닥에 못박히는 기분이었다. 건물 벽면들이 그의 어머니와 아버지 위로 천천히 무너져내리고 있었고 그 끝없는 붕괴가 일으키는 구름 같은 먼지로 그는 숨이 막혔다.

그날 밤 그는 파리가 오직 '벨 디브'와 '타바랭'의 조명만이 빛나고 있는 시커먼 구덩이로 변한 꿈을 꾸었다. 나비떼들이 잠시 동안 그 불빛 주위에서 어쩔 줄 모른 채 날아다니다 그 구덩이로 떨어져버렸다. 나비떼는 그 속에서 두꺼운 층으로 쌓여갔고 루이는 그 속으로 무릎까지 빠져들었다. 그러다가 이윽고 자신도 나비가 되어 다른 나비들과 함께 어떤 도수관 속으로 빨려들어가버렸다.

그의 존재는 이처럼 무너져버린 어둠으로부터 왔다.

그에게는 미래 또한 약속된 시간이 아니다. 그러나 이제부터는 과거를 버리고 그 얼굴을 알 수 없는 미래 속으로 뛰어드는 일만이 남았다.

그의 머릿속에는 한 가지 생각뿐이었다. 신발과 양말을 벗어 쓰레기통에 처넣고 싶다는 것, 그리고 고무창을 댄 새 신발을 사 신고서 이제 다시는 발이 젖지 않으리라는 확신을 갖고 싶다는 것, 그 생각뿐이었다.

한편 화장품점 점원 생활을 그만두고 가수가 되겠다고 나선 스무 살의 처녀 오딜은 어떠한가? "예전에 기록부에 등재되어" 있었던 어머니, "친부 확인 불능"이라는 특기사항으로 남은 아버지. 그러나 이는 모두 경찰의 기록서류 속에 남은 과거일 뿐, 눈앞의 현실은 조절 밸브가 고장난 거대한 라디에이터가 열을 뿜어대는 서슬에 아예 창문을 열어놓고 지내야 하는 지붕 밑 다락방, 주머니 속에 남은 마지막 잔돈, 암담한 전망이다. 그리고 무엇보다도 "마치 목욕물 속에 들어가 뭉그적거리며 나오지 못하고 있는 듯이" 매일같이 찾아가 진종일 처박혀 지내는 뮤직홀 '팔라디움'. 그곳에서 그녀는 가수가 되겠다는 꿈을 지니고 마치 램프 불빛에 이끌려 날아드는 하루살이처럼 모여든 젊은이들을 정신없이 바라보기만 한다. "기선 앞에 잔뜩 몰려든 이민 희망자들 가운데서 두세 사람만을 뽑아 승선 트랩 위로 떠다미는 세관 직원"처럼 그 가운데서 미래의 재목을 찾아내는 것이 임무인 사람의 눈에는 그 젊은이들이 어떻게 보이는가?

> 그리고 그들의 꿈은 너무나도 거세고, 음악을 통해 삶에 대한 저 따분한 예측으로부터 해방되고자 하는 그들의 욕망은 너무나도 난폭한 것이어서, 귀청을 찢을 듯한 기타 소리와 쉬어빠진 그 목소리들이 벨륀에게는 종종 사람 살려 하고 내지르는 구조의 외침으로 들리곤 했다.

이처럼 무방비 상태의 맨주먹으로 삶이라는 거센 물결 앞에 서 있는 젊은 청춘들 앞에 나타나는 저 수상쩍은 중년의 '안내자'들은 어떤 사람들일까? 그들과의 만남 또한 우연일 뿐이다. "자동차 사업"에 손을 대고 있다는 브로시에, 오스트리아에서는 작곡가였으나 지금은 이름도 알 수 없는 레코드 회사에서 "새롭고 예외적인 인재들을 발굴하는" 일을 맡고 있다는 벨륀, 무공훈장을 받았다고도 하고 살인자라고도 하는 브자르디, 아름다운 연상의 여인 니콜 하스, 몸에서 화장수 냄새가 물씬 나는 비에티, 자클린 부아뱅, 마리, 호르단, 액스터, 사냥개를 데리고 다니는 보에르, 하워드 파커…… 수많은 사람들이 마치 안개 속에서 불쑥 나타났다가 다시 안개 속으로 사라지듯이 명멸하면서 이 젊은이들의 청춘 시절을 한 폭의 반추상 환상으로 만

들어놓는다. 한때는 영웅이었다는 아버지 메믈링의 흔적들이 남은, 지금은 허물어지고 없는 '벨 디브', 벨륀이 옛날 빈 시절에 작곡한 노래 〈하와이의 장미〉, 파리 한복판에서 문득 "바다를 향해 내려가는 해변 절벽의 언덕길"이 보이는 것만 같아지는 환상과 그 순간의 설렘, "모든 범죄자들이 미끄러져 들어가게 되어 있는 일종의 깔때기 같은" 생 라자르 역, 불길한 운명의 고정관념처럼 간단없이 나타나곤 하는 "뚱뚱한 금발"의 형사, 오딜이 부르는 〈거리의 상송〉, "인생이 그렇듯이" 자주 틀면 쉬 닳아진다는 플로피디스크, 콜랭쿠르 거리에 있는 카페 '레브', 니콜 하스가 준 지포 라이터, 역겨운 화장수 냄새…… 노래의 후렴처럼 되풀이하여 등장하는 이런 주제들 또한 나타났다가 사라지는 그 수많은 인물들과 더불어 청춘 시절의 영상에 모디아노 특유의 가슴 저릴 만큼 덧없는 분위기를 윤색하는 데 기여한다. 그리하여 스무 살의 불과 7개월 남짓한 시간이 슬프고도 감동적인 하나의 '그림'으로 완성된다.

그 무엇이, 훗날 그게 다름아닌 자신의 청춘 시절이 아닌가 자문하게 될 그 무엇이, 그때까지 그를 짓누르고 있던 그 무엇이, 마치 어떤 바윗덩어리 하나가 천천히 바다를 향해 굴러떨어지다가 마침내 한 다발의 물거품을 일으키며 사라지듯이,

그에게서 떨어져나가고 있었다.

1977년에 역자가 처음으로 『추억을 완성하기 위하여』(원제 『호적부*Livret de famille*』)를 번역 소개한 이후 파트릭 모디아노의 소설은 지금까지 15종 넘게 꾸준히 출간되고 있다. 여기에 소개하는 『청춘 시절』은 모디아노의 소설들 가운데서도 『더 먼 곳에서 돌아오는 여자』(원제 『잃어버린 거리*Quartier perdu*』와 더불어 나로서는 가장 애착을 느껴온 작품이다.

* * *

2014년 10월 9일 저녁, 돌연 수많은 신문사와 방송국 들에서 쉬지 않고 내게 전화를 걸어왔다. 파트릭 모디아노가 노벨문학상을 탔다는 것이었다. 1970년대에 그를 처음 우리말로 번역 소개한 역자에게 그 작가에 대한 간단한 소개를 부탁하기 위해서였다. 그때부터 지금까지 몇 달 동안 나는 정신없이 바빴다. 그동안 소개한 모디아노의 소설 번역들이 삼십여 년의 세월을 거치는 동안 어느새 늙어버렸기 때문이다. 번역 위에 쌓인 시간의 먼지와 때를 벗겨내느라고 딴에는 노력했지만 얼마나 달라졌을지는 독자들이 판단할 것이다.

김화영

파트릭 모디아노 연보

1945년 7월 30일 불로뉴 비양쿠르에서 유대인 혈통의 이탈리아 출신 사업가인 아버지 알베르 모디아노와 벨기에 영화배우인 어머니 루이자 콜페인(본명은 루이자 콜핀) 사이에서 태어남. 부모는 점령중 파리에서 서로 만나 신분을 감춘 상태에서 함께 살았다. 무역업에 종사했다는 것 외에는 정확하게 알려진 것이 없는 아버지는 불확실한 신분 상태로 대부분 부재 상태였고 어머니 역시 순회공연으로 집을 비우는 일이 많아서 모디아노는 어린 시절의 상당 부분을 여러 기숙학교에서 보냈다.

1947년 남동생 뤼디 태어남.

1951년 파리 근교 주이 앙 조자스의 몽셀 초등학교 입학.

1956년 오트 사부아에 있는 생 조제프 중학교 입학.

1957년 남동생 뤼디가 혈액 관련 병으로 세상을 떠남. 뤼디를 무척 아꼈던 그는 1967년에서 1982년 사이에 발표한 초기 작품들을 뤼디에게 헌정한다. 동생의 죽음은 그의 어린 시절의 종말을 의미했으며 그는 이 시절에 대하여 간절한 향수를 지니게 된다.

1960년 파리의 앙리 4세 고등학교에 입학함. 열다섯 살에 어머니의 친구이며 『지하철 안의 자지*Zazie dans le métro*』의 작가로 유명한 소설가 레몽 크노를 기하학 개인교사로 모시게 되면서 크노를 통해 문학의 세계에 눈을 뜨게 된다. 크노와의 만남은 결정적이었다. 그를 통해서 그는 저 유명한 갈리마르 출판사의 칵테일파티에도 참석하여 문단의 저명인사들을 만난다.

1963년 안시에서 대학입학자격시험에 합격하나 더이상 공부를 계속하지 않고 문학에 열정을 바치기로 결심하고 소설을 쓰기 시작함.

1967년 첫 소설 『에투알 광장*La place de l'Étoile*』을 완성하여 레몽 크노에게 원고 검토를 부탁함.

1968년 첫 소설 『에투알 광장』이 크노의 주선으로 갈리마르 출판사에서 출간되어 로제 니미에 상과 페네옹상을 수상함. 이후 오로지 작가로서 글쓰기에만 전념함.

1969년 『야간순찰*La ronde de nuit*』 출간.

1970년 9월 12일, 도미니크 제르퓌스와 결혼. "우리 결혼식 날에 대한 참담한 기억이 남아 있다. 그날 비가 왔다. 정말 악몽이었다. 우리 결혼식의 증인은 청소년 시절부터 파트릭의 후원자였던 레몽 크노와 우리 아버지의 친구인 앙드레 말로가 서주었다. 그들은 뒤뷔페에 대하여 논쟁을 하기 시작해 우리는 거기서 마치 테니스 경기를 구경하는 관람객 꼴이 되었다. 그 장면을 찍은 사진이라도 있었으면 재미있었을 터인데 사진기를 가지고 온 단 한 사람은 그만 그 안에 필름 넣는 것을 잊어버렸다. 그래서 우리에게 남은 것은 우산을 쓴 채 등을 돌리고 있는 단 한 장의 사진뿐이다." (2003년 10월 6일, 『엘르』와의 인터뷰)

1972년 『외곽 순환도로*Les boulevards de ceinture*』를 발표하여 아카데미 프랑세즈 소설 대상을 수상함.

1973년 영화 〈라콩브 뤼시앵*Lacombe Lucien*〉의 시나리오를 씀.

1974년 〈라콩브 뤼시앵〉이 루이 말의 연출로 완성되어 상영됨. 이 영화는 2차대전을 배경으로 항독운동에 가담하려고 시도했다가 도리어 친독 의용대 활동을 하게 된 청년의 이야기를 다루고 있는데, 등장인물의 행동에 정당성이 없다는 이유로 논쟁을 불러일으킴. 맏딸 지나 태어남. 아버지의 재능을 물려받은 지나는 후일 영화 시나리오와 동화 등을 집필함.

1976년 1975년 출간한 『슬픈 빌라*Villa triste*』로 리브레리상 수상.

1977년 『추억을 완성하기 위하여*Livret de famille*』(원제 : 호적부) 출간.

1978년 『어두운 상점들의 거리*Rue des boutiques obscures*』로 공쿠르상 수상. 둘째 딸 마리 태어남.

1981년 『청춘 시절*Une jeunesse*』 『메모리 레인*Memory Lane*』(피에르 르탕 삽화) 출간.

1982년 『그토록 순수한 녀석들*De si braves garçons*』 출간.

1983년 『청춘 시절』이 모셰 미즈라히의 연출로 동명의 영화로 만들어져 상영됨.

1984년 전 작품에 대해 프랑스 피에르 드 모나코 상 수상.

1985년 『잃어버린 거리*Quartier perdu*』 출간.

1986년 『팔월의 일요일들*Dimanches d'août*』 출간.

1988년 『발레 소녀 카트린*Catherine Certitude*』(장자크 상페 삽화), 『감형*Remise de peine*』 출간.

1989년 『어린 시절의 탈의실*Vestiaire de l'enfance*』 출간.

1990년 『신혼여행*Voyage de noces*』 출간.

1991년 『폐허의 꽃들*Fleurs de ruine*』 출간.

1992년 『서커스가 지나간다*Un cirque passe*』 출간.

1993년 『고약한 봄*Chien de printemps*』 출간.

1995년 『슬픈 빌라』를 개작하여 파트리스 르콩트가 연출한 영화 〈이본의 향기*Le parfum d'Yvonne*〉와 그가 시나리오를 쓰고 파스칼 오비에가 연출한 영화 〈가스코뉴의 아들*Le fils de Gascogne*〉이 상영됨.

1996년 『아득한 기억의 저편*Du plus loin de l'oubli*』 출간.

1997년 『도라 브루더*Dora Bruder*』 출간.

1999년 『신원 미상 여자*Des inconnues*』 출간.

2000년 전 작품에 대해 폴 모랑 문학 대상 수상.

2001년 『작은 보석*La petite bijou*』 출간. 『팔월의 일요일들』을 각색해 마뉘엘 푸아리에가 연출한 영화 〈테 키에로*Te quiero*〉가 상영됨.

2003년 『한밤의 사고*Accident nocturne*』 출간. 모디아노가 시나리오를 쓰고 장폴 라프노가 연출한 영화 〈여행 잘하세요*Bon voyage*〉가 상영됨.

2005년 『혈통*Un pedigree*』 출간.

2006년 『그토록 순수한 녀석들』을 각색해 미카엘 에르스가 연출한 영화 〈샤렐*Charell*〉이 상영됨.

2007년 『잃어버린 젊음의 카페에서*Dans le café de la jeunesse perdue*』 출간.

2010년 『지평*L'horizon*』 출간.

2012년 『밤의 풀*L'herbe des nuits*』 출간.

2014년 『네가 길을 잃으면 안 되니까*Pour que tu ne te perdes pas dans le quartier*』 출간. 노벨문학상 수상.

지은이 **파트릭 모디아노**
1945년 프랑스 불로뉴 비양쿠르에서 태어났다. 열여덟 살 때부터 소설을 쓰기 시작해 『외곽 순환도로』로 아카데미 프랑세즈 소설 대상을, 『어두운 상점들의 거리』로 공쿠르상을 수상하는 등 지난 40년간 프랑스 현대문학이 거둔 가장 탁월한 작가 중 하나로 평가받고 있다. 2014년 노벨문학상을 수상했다.

옮긴이 **김화영**
서울대 불문학과를 졸업하고 동 대학원에서 석사, 프랑스 엑상프로방스 대학에서 알베르 카뮈 론으로 문학박사 학위를 받았다. 30여 년간 고려대 불문학과 교수를 거쳐 현재 같은 대학 명예교수로 있다. 지은 책으로 『시간의 파도로 지은 城』 『문학 상상력의 연구』 『소설의 숲에서 길을 묻다』 『발자크와 플로베르』 『행복의 충격』 『한국 문학의 사생활』 『여름의 묘약』 등이 있고, 옮긴 책으로 알베르 카뮈 전집, 『다다를 수 없는 나라』 『어린 왕자』 『섬』 『마담 보바리』 『방드르디, 태평양의 끝』 등이 있다.

문학동네 세계문학
청춘 시절

초판인쇄 2014년 11월 28일 | 초판발행 2014년 12월 5일

지은이 파트릭 모디아노 | 옮긴이 김화영 | 펴낸이 강병선
책임편집 김이선 이승환 | 독자모니터 이수경
디자인 고은이 최미영 | 저작권 한문숙 박혜연 김지영
마케팅 정민호 이미진 김은지 양서연 | 온라인마케팅 김희숙 김상만 한수진 이천희
제작 강신은 김동욱 임현식 | 제작처 영신사

펴낸곳 (주)문학동네
출판등록 1993년 10월 22일 제406-2003-000045호
주소 413-120 경기도 파주시 회동길 210
전자우편 editor@munhak.com | 대표전화 031) 955-8888 | 팩스 031) 955-8855
문의전화 031) 955-1927(마케팅) 031) 955-2683(편집)
문학동네카페 http://cafe.naver.com/mhdn | 트위터 @munhakdongne

ISBN 978-89-546-2661-3 03860

www.munhak.com

우리가 서로를 기억하지 않는다면
사는 것이 무슨 소용일까.

2014 노벨문학상 수상 작가
파트릭 모디아노의 대표 걸작

어두운 상점들의 거리 **김화영 옮김**

"나는 아무것도 아니다."

파트릭 모디아노의 대표작. 기억상실증에 걸린 한 퇴역 탐정이 자신의 과거를 추적하는 여정을 그린 소설이다. 소멸한 과거와 잃어버린 삶의 흔적, 악몽 속에서 잊어버린 대전(大戰)의 경험을 주제로, 프루스트가 말한 존재의 근원으로서의 '잃어버린 시간'을 특유의 신비하고 몽상적인 언어로 탐색해냈다.

지평 **권수연 옮김**

"모든 첫 만남은 상처다."

그녀는 죽었을까, 살아 있을까? 기억의 지평 너머로 사라진 옛사랑을 찾아 헤매는 소설가 장 보스망스의 이야기. 사십여 년의 시간을 거슬러 파리 곳곳의 자취를 더듬어가는 그 여정의 끝에서 보스망스는 과연 그녀와 해후할 수 있을까?

잃어버린 젊음의 카페에서 **김윤진 옮김**

"오직 도망치는 순간에만 온전히 나 자신이었다."

어느 날 '진정한 삶'을 찾아 나선 한 여인. 과거의 악몽들과 단절되어 살 수 있는 곳을 찾아 표류하다 '잃어버린 젊음'이라 불리는 카페 '르 콩데'에 좌초한다. 속절없이 소멸되는 관계를 거부하는 여자 '루키', 그녀를 기억하는 세 남자가 파리 구석구석 흩어진 그녀의 발자취를 더듬어간다. 세 남자의 목소리를 통해 드러나는, 각기 다른 공간 속 한 여인의 윤곽.